Canción
de tumba

JULIÁN HERBERT

Canción de tumba

XXVII PREMIO JAÉN DE NOVELA

RANDOM HOUSE

El papel utilizado para la impresión de este libro ha sido fabricado a partir de madera
procedente de bosques y plantaciones gestionadas con los más altos estándares ambientales,
garantizando una explotación de los recursos sostenible con el medio ambiente y beneficiosa para las personas.

Canción de tumba

Segunda edición: octubre, 2023

D. R. © 2011, Julián Herbert
Publicado bajo acuerdo con Carmona Literary Agency

Este libro se escribió con el apoyo del Sistema Nacional de Creadores de Arte

D. R. © 2023, derechos de edición mundiales en lengua castellana:
Penguin Random House Grupo Editorial, S. A. de C. V.
Blvd. Miguel de Cervantes Saavedra núm. 301, 1er piso,
colonia Granada, alcaldía Miguel Hidalgo, C. P. 11520,
Ciudad de México

penguinlibros.com

ISBN: 978-607-383-657-9

Impreso en México – *Printed in Mexico*

Para Mónica

Índice

Madre solo hay una. Y me tocó.

ARMANDO J. GUERRA

De niño quería ser científico o doctor. Un hombre de bata blanca. Más pronto que tarde descubrí mi falta de aptitudes: me tomó años aceptar la redondez de la Tierra. En público fingía. Una vez en el salón (uno de tantos, porque cursé la primaria en nueve escuelas distintas) expuse ante mi grupo, sin pánico escénico, los movimientos de traslación y rotación. Como indicaba el libro, representé estos procesos atravesando con mi lápiz una naranja decorada con crayón azul. Memorizaba cada cuenta ilusoria, los gajos perpetuados en actitud de giro, las horas y los días, el tránsito del sol... Pero por dentro, no. Vivía con la angustia orgullosa y lúcida que hizo morir desollados a manos de san Agustín a no pocos heresiarcas.

Mamá fue la culpable. Viajábamos tanto que para mí la Tierra era un polígono de mimbre limitado en todas direcciones por los rieles del tren. Vías curvas, rectas, circulares, aéreas, subterráneas. Atmósferas ferrosas pero leves semejando una catástrofe de cine donde los hielos del polo chocan entre sí. Límites limbo como un túnel, celestes como un precipicio tarahumara, crocantes como un campo de alfalfa sobre el que los durmientes zapatean. A veces, subido en una roca o varado en un promontorio de la costera Miguel Alemán, miraba hacia el mar y creía ver vagones amarillos y máquinas de diesel con el emblema N de M traqueteando espectrales más allá de la brisa. A veces, de noche y desde una ventanilla, pretendía que las luciérnagas bajo el puente eran esas galaxias vecinas de las que hablaba mi hermano mayor. A veces, mientras dormía tirado en un pasillo metálico abrazando a niños desconocidos, o de pie entre decenas de cuerpos hacinados que olían a sorgo fresco y sudor de cuatro días, o con el esqueleto contrahecho sobre duras butacas de madera, soñaba que la forma y la sustancia del planeta cambiaban a cada segundo. Una tarde, mientras el ferrocarril hacía patio en Paredón, decidí que el silbato de la locomotora anunciaba nuestro arribo al fin del mundo.

Todo esto es estúpido, claro. Me da una lástima bárbara. Especialmente hoy, cuando veo a mamá desguanzada e inmóvil sobre su cama de hospital con los brazos llenos de moretones por agujas, conectada a venopacks traslúcidos manchados de sangre seca, transformada en un mapa químico mediante letreritos que publican a pluma Bic y con errores ortográficos la identidad de los venenos que le inyectan: Tempra de un gramo, ceftazidima, citarabina, antraciclina, ciprofloxacino, doxorrubicina, soluciones mixtas de un litro embozadas en bolsas negras para proteger a la ponzoña de la luz. Llorando porque su hijo más amado y odiado (el único que alguna vez pudo salvarla de sus pesadillas, el único a quien le ha gritado «Tú ya no eres mi hijo, cabrón, tú para mí no eres más que un perro rabioso») tiene que darle de comer en la boca y mirar sus pezones marchitos al cambiarle la bata y llevarla en peso al baño y escuchar —y oler: con lo que ella odia el olfato— cómo caga. Sin fuerzas. Borracha de tres transfusiones. Esperando, atrincherada en el tapabocas, a que le extraigan otra muestra de médula ósea. Lamento no haber sido por su culpa, por culpa de su histérica vida de viajes a través de todo el santo país en busca de una casa o un amante o un empleo o una felicidad que en esta Suave Patria no existieron nunca, un niño modelo: uno capaz de creer en la redondez de la Tierra. Alguien que pudiera explicarle algo. Recetarle algo. Consolarla mediante un oráculo de podredumbre racional en esta hora en que su cuerpo se estremece de jadeos y miedo a morir.

I

«I don't fuckin' care
about spirituality»

Mamá nació el 12 de diciembre de 1942 en la ciudad de San Luis Potosí. Previsiblemente, fue llamada Guadalupe. Guadalupe Chávez Moreno. Sin embargo, ella asumió —en parte por darse un aura de misterio, en parte porque percibe su existencia como un evento criminal— un sinfín de alias a lo largo de su vida. Se cambiaba de nombre con la desfachatez con que otra se tiñe o riza el pelo. A veces, cuando llevaba a sus hijos de visita con los amigos narcos de Nueva Italia, con las señoritas viejas de Irapuato para las que había sido sirvienta cuando recién huyó de casa de mi abuela en Monterrey (hay una foto: tiene catorce años, está rapada y lleva una blusa con aplicaciones que ella misma incorporó a la tela), con las fugaces tías políticas de Matamoros o con Lázaro Cárdenas o Villa de la Paz, nos instruía:

—Aquí me llamo Lorena Menchaca y soy prima del karateca.

—Aquí me dicen Vicky.

—Aquí me llamo Juana, igual que tu abuelita.

(Mi abuela, comúnmente, la llamaba Condenada Maldita mientras la sujetaba de los cabellos para arrastrarla por el patio, estrellándole el rostro contra las macetas.)

La más constante de estas identidades fue la de Marisela Acosta. Con ese nombre, mi madre se dedicó durante décadas al negocio de la prostitución.

El seudónimo tiene un roce de verdad. El padre biológico de Guadalupe se llamaba Pedro Acosta. Era músico (hay una foto: toca el tresillo al frente de su grupo Son Borincano con mi tío abuelo Juan —hermano de mi abuela Juana— en la guitarra), y se supone que andando el tiempo llegó a ser propietario de bodegas de perecederos en La Merced. Mamá lo conoció muy poco. Quizá llegó a verlo una vez, o a lo mejor ninguna y nada más lo imagina. Quien la asumió como su hija fue un padrastro: mi abuelo Marcelino Chávez.

No sé en qué momento se volvió Marisela; así se llamaba cuando yo la conocí. Era bellísima: bajita y delgada, el cabello lacio cayéndole hasta la cintura, el cuerpo macizo y unos rasgos indígenas desvergonzados y relucientes. Pasaba de los treinta pero lucía mucho más joven. Era muy a gogó: aprovechando que tenía caderas anchas, nalgas bien formadas y un estómago plano, se vestía solo con unos jeans y un ancho paliacate cruzado sobre sus magros pechos y atado por la espalda.

De vez en cuando se hacía una cola de caballo, se calzaba unos lentes oscuros y, tomándome de la mano, me llevaba por las deslucidas calles de la zona de tolerancia de Acapulco (a las ocho o nueve de la mañana, mientras los últimos borrachos abandonaban La Huerta o el Pepe Carioca y mujeres envueltas en toallas asomaban a los dinteles metálicos de cuartos diminutos para llamarme «bonito») hasta los puestos del mercado, sobre la avenida del canal. Con el exquisito abandono y el spleen de una puta desvelada, me compraba un chocomilk licuado en hielo y dos cuadernos para colorear.

Todos los hombres viéndola.

Pero venía conmigo.

Ahí, a los cinco años, comencé a conocer, satisfecho, esta pesadilla: la avaricia de ser dueño de algo que no logras comprender.

Visto en retrospectiva, mamá tenía muy buen y muy mal ojo para escoger a sus galanes. Recuerdo que había un italiano, Renato: me compró un títere con traje de mariachi. Recuerdo a un Eliezur —al que yo rebauticé como Eldeazul—, quien una vez nos llevó al circo del payaso Choya. Nunca hablaba de ellos. Quiero decir, no conmigo. El único méto-do con que cuento para evaluar su vida amorosa es observar-la a contraluz de los vástagos que tuvo, cada uno de un padre diferente.

Mi hermana mayor, Adriana, es hija bastarda de Isaac Val-verde, empresario y lenón excepcional, accionista de un pros-tíbulo legendario: La Huerta.

Al otro lado del canal estaba La Huerta. Su emplazamien-to abarcaba quizá media manzana. Pudo ser el sueño de opio de cualquier anciano acaudalado que no temiera contraer disentería o infecciones venéreas. La propiedad contaba en los años sesenta con veredítas particulares para coches, policía pri-vada y tres o cuatro salones dispersos entre árboles de mango y cocoteros; recintos especializados en las diversas preferen-cias de su público. Nunca supe en qué consistían estas prefe-rencias y supongo que puedo vivir sin saberlo. Había también un bar y un restaurant, agua casi potable y, de cara al exterior, sin anuncios luminosos, una gran barda de ladrillos rojos que se prolongaba, serpenteando, hasta los límites del callejón Mal Paso. Una barda que lo sacrificaba a uno al lugar común pues producía la sensación de estar bordeando una fortaleza medie-val. Era la primitiva crossover acapulqueña, un laberinto/ laboratorio de lo que México es hoy para el American Way of Life: un gigantesco putero seudoexótico con la infraestructu-ra de un suburbio gringo lleno de carne barata a la que puedes meterle el dedo por el culo y arrojar después al otro lado de la barda. Una vez, mientras caminábamos junto al muro de ladrillos, Marisela me dijo: «aquí tocaban Lobo y Melón». Yo sabía —como lo sabe cualquier niño que haya crecido en las inmediaciones de un congal— que detrás de aquel bastión campeaba el revólver del sexo. Y tenía la vaga idea de que del sexo dimanaba una volátil mortificación de la carne mezclada con lo cotidiano, el dinero, el barullo de la noche y el silencio del día. Fuera de esta percepción esquiva y asquerosa, nunca entendí un carajo. Pero gracias al comentario de mamá logré, años más tarde, relacionar el sexo con la música, esa otra fuerza de la naturaleza que tundía a machetazos la desgracia desde nuestra consola Stromberg Carlson.

Mi hermano mayor es hijo de una madrina de la judicial de Monterrey que, a principios de los ochenta, se había convertido ya en el comandante Jorge Fernández, jefe de grupo de la DIPD. Dicen que era un tipo muy bragado. Lo asesinaron en un operativo antidrogas hará unos quince años. Jorge chico llegó a verlo esporádicamente. En una de esas ocasiones, cuando mi hermano tenía catorce años, el comandante le regaló una motocicleta.

De las antípodas nació mi hermano menor, Saíd, hijo de Don B. Don B es un goodfella regiomontano de no muy alta monta pero muy querido por el gremio. Don B sigue siendo hasta la fecha uno de esos outlaws decadentes que se tomaron la foto con Fernando y Mario Almada. Don B fue un hombre extraordinariamente guapo —un rasgo que heredó mi hermano— y de joven era célebre por su habilidad para obsequiar golpizas. Nunca, sin embargo, lastimó a mi madre. Mis recuerdos infantiles lo sitúan comprándome juguetes y tratándome con el máximo y más puro afecto que recibí jamás de un hombre adulto, así que se trata de algo así como mi padre platónico. Mamá afirma que yo lo escogí para ella porque empecé a llamarlo «papá» antes de que se hicieran amantes. Han pasado más de veinte años desde la última vez que lo vi. Hace unas semanas me envió de obsequio un traje Aldo Conti acompañado de una nota: «Para mi hijo el Cacho». Yo jamás uso traje. Además no me quedó.

A principios de los ochenta, mamá tuvo una hija con Armando Rico, baterista de sesión apodado La Calilla. Él no llegó a conocer a Diana, mi hermana pequeña: vivía tan deprimido que, luego de una discusión amorosa, se rellenó la panza de barbitúricos. Lo encontraron los vecinos. Dicen que intentaba decir algo al micrófono de una grabadora y arrojaba espuma por la boca. Mamá había huido, en uno de sus clásicos arranques de histeria gitana, no sé si a Coatzacoalcos o a Reynosa, dejando abandonados lo mismo a su padrote que a sus hijos. Para cuando ella volvió a Monterrey, La Calilla se pudría en un cementerio y nosotros le debíamos dinero a medio mundo.

Yo soy el hijo de en medio. Mi padre, Gilberto Membreño, es el novio menos espectacular que tuvo Marisela. Empezó como repartidor de una farmacia y llegó a ser gerente de ventas para varios establecimientos de la compañía hotelera Meliá. En 1999, con el criterio destrozado a punta de whisky Chivas Regal y tequila Sauza Hornitos, pretendió convertirse en un playboy: renunció al trabajo, se casó con Marta (una chica colombiana de mi edad), compró un Mustang 65 y fundó una empresa que en menos de un año se fue a la bancarrota. Desde entonces no lo he visto.

Apenas concluyo esta enumeración, me siento avergonzado. No por narrar zonas pudendas: porque mi técnica literaria es lamentable y los sucesos que pretendo recuperar poseen una pátina de escandalosa inverosimilitud. Estoy en la habitación 101 del Hospital Universitario de Saltillo escribiendo casi a oscuras. Escribiendo con los dedos en la puerta. Mi personaje yace yonkeado a causa de la Leucemia Mielítica Aguda (LMA, la llaman los doctores) mientras yo recopilo sus variaciones más ridículas. Su ceño fruncido en la penumbra reprueba tácitamente el destello de mi laptop mientras añora en sueños, quizá, la ternura asexuada de sus hijos.

Hace tiempo, en un coctel celebrado en Sant Joan de les Abadesses, un poeta y diplomático mexicano me dijo:

—Leí esa nota autobiográfica tuya que apareció junto a tu cuento en una antología. Me resultó entretenida pero obscena. No me explico por qué te empeñas en fingir que una ficción tan terrible es o alguna vez fue *real*.

Observaciones como esta me vuelven pesimista acerca del futuro del arte de narrar. Leemos nada, y exigimos que esa nada carezca de matices: o vulgar o sublime. Y peor: vulgar sin lugares comunes, sublime sin esdrújulas. Asépticamente literaria. Eficaz hasta la frigidez. En el mejor de los casos, una novela posmo no pasa de costumbrismo travestido de cool jazz y/o pedantes discursos Kenneth Goldsmith's style que demoran cien páginas en decir lo que a Baudelaire le tomaba tres vocablos: spleen et ideal.

«La técnica, muchacho —dice una voz en mi cabeza—; baraja la técnica.»

A la mierda: mamá fue en su juventud una india ladina y hermosa que tuvo cinco maridos: un lenón legendario, un policía abaleado, un regio goodfella, un músico suicida y un patético imitador de Humphrey Bogart. PERIOD.

Su último compañero data de principios de los noventa. Acabábamos de mudarnos a Saltillo (esta ciudad en donde hoy, mientras amanece, escucho en lugar del canto de los pájaros el murmullo de las bombas de infusión que gobiernan el hospital) cuando se lió con Margarito J. Hernández. Periodista. Alcohólico. Feo. Duró poco; mamá no lo quería.

Margarito me dio mi primer empleo adulto: corrector de estilo en una corrupta revista política. Yo tenía diecisiete años. Un día me dijo:

—Tienes que mandar todo a la chingada y largarte de México. Porque tú vas a ser escritor. Y un escritor en este país no sirve de nada, es peso muerto.

Al promediar la cincuentena, Marisela decidió aceptarlo: estaba sola. Sus tres hijos mayores habían dejado de dirigirle la palabra. No tenía amigas. Ni sus nueras ni sus nietos la visitaban. Se fracturó tres huesos en el transcurso de pocos meses. En 1997 le diagnosticaron una severa osteoporosis. Poco a poco, como quien no quiere la cosa, comenzó a usar su nombre verdadero: Guadalupe Chávez Moreno. Nuevecito. Recién extraído del baúl de la niñez.

Lo que ninguno sabíamos es que, al practicar esta simbólica renuncia a su fantasía de ser Otra y tener por lo tanto un sobrescrito nombre de princesa, mamá había decidido también envejecer. Nunca llegó a convertirse en una mujer adulta. Pasó en menos de diez años de la adolescencia mórbida a la senilidad prematura. Y ese récord —o mejor: ese mal hábito— es la única propiedad que legará a sus hijos.

Salgo del hospital luego de las primeras treinta y seis horas de guardia. Mónica pasa por mí en el auto. La luz de la vida real me parece bruta: una leche bronca pulverizada y hecha atmósfera. Mónica me pide que junte las facturas por si resultan deducibles de impuestos. Agrega que mi ex patrón le prometió cubrir a nombre del instituto de cultura una parte de los gastos. Que Maruca se ha portado bien pero me extraña horrores. Que están recién regados el jardín, la ceiba, la jacaranda. No entiendo lo que dice: no logro hacer la conexión emocional. Respondo sí a todo. Agotamiento. Hacen falta la destreza de un funámbulo y el furor de un desequilibrado para dormitar sobre una silla sin descansabrazos, lejos del muro y muy cerca del reggaeton que trasmite la radio desde la centralita de enfermeras: atrévete te te salte del clóset destápate quítate el esmalte deja de taparte que nadie va a retratarte. Una voz dentro de mi cabeza me despertó a mitad de la madrugada. Decía: «No tengas miedo. Nada que sea tuyo viene de ti». Me di un masaje en la nuca y volví a cerrar los ojos: supuse que sería un koan de mercachifles dictado por la adivina Mizada Mohamed desde el televisor encendido en el cuarto de junto. No es la realidad lo que lo vuelve cínico a uno. Es esta dificultad para conciliar el sueño en las ciudades.

Llegamos a casa. Mónica abre el portón, encierra el Atos y dice:

—Si quieres, después de almorzar puedes venir un ratito al jardín para leer y tomar el sol. Siempre es buena noticia que el sol salga.

Desearía burlarme de mi mujer por decir cosas tan cursis. Pero no tengo fuerzas. Además el sol cae con un bliss palpable sobre mis mejillas, sobre el césped recién regado, sobre las hojas de la jacaranda… Me derrumbo en la hierba. Maruca, nuestra perra, sale a recibirme haciendo cabriolas. Cierro los ojos. Ser cínico requiere de retórica. Tomar el sol, no.

Alguien, al ingresarla por Urgencias, escribió mal su nombre: Guadalupe «Charles». Así la llaman todos en el hospital. Guadalupe Charles. A ratos, en medio de la oscuridad, cuando tengo más miedo, trato de hacerme a la idea de que velo el delirio de una desconocida.

Luego de mil malabares —búsquedas en Google, intentos por Skype, mails y telefonazos a cuentas que ya no existen y líneas a las que les falta un dígito—, Mónica localiza a mi hermano mayor en un celular con area code de Yokohama, en Japón. Le pide que me llame. Contesto. Jorge pregunta, solemne, sin saludar:

—¿Están todos ahí, rodeándola?... Tienen que estar todos con ella, acompañándola en este trance tan difícil.

Supongo que lleva tantos años en el extranjero que acabó por tragarse la exótica píldora publicitada a través de las marquetas de chocolate Abuelita: No-Hay-Amor-Más-Grande-Que-El-Amor-De-La-Gran-Familia-Mexicana. Le respondo que no. Saíd está destrozado y de seguro enganchado no sé muy bien con qué droga dura; su circunstancia no tolera la tensión hospitalaria. Mónica funge en el exterior (quiero decir en la calle pero «la calle» es para mí, hoy, inmensurable: hiperespacio) como Directora de Comunicación y Logística de la Leucemia de Mi Mamá. Diana tiene dos bebés y solo puede hacer un turno cada dos noches. Adriana sigue perdida: se fue de casa cuando yo tenía siete años, así que no la conozco. La he visto un par de veces desde que somos adultos. La última fue en 1994.

Melodramático como soy, agrego:

—Mis jornadas de la última semana consisten en treinta y seis horas dormitando o escribiendo junto a la cama de una moribunda.

Lo que no agrego es: bienvenido a la nación de los apaches. Cómete a tus hijos si no quieres que el cara pálida, that white trash, los corrompa. La única Familia bien avenida del país radica en Michoacán, es un clan del narcotráfico y sus miembros se dedican a cercenar cabezas. Jorge, Jorgito, jelou: La Gran Familia Mexicana se desmoronó como si fuera un montón de piedras, Pedro Páramo desliéndose bajo el cuchillo de Abundio ante los azorados ojos de Damiana, la modelo de Televisa que recita en automático: «Desde la laguna de Celestún XEW te saluda... Nada: no queda más que pura puta y verijuda nada. En esta Suave Patria donde mi madre agoniza no queda un solo pliego de papel picado. Ni un buche de tequila que el perfume del marketing no haya corrompido. Ni siquiera una tristeza o una decencia o una bullanga que no traigan impreso, como hierro de ganado, el fantasma de un AK-47.

Dos noches antes de que ingresáramos a mamá, Mónica soñó que construíamos una piscina al lado de la higuera. El escombro que sacábamos en carretillas no era polvo ni roca: eran muslos humanos. Qué curioso, le dije, no pensaba contártelo pero yo soñé que cerraban los puentes del periférico a un carril porque en el de alta se había volcado un tráiler cargado de cabezas gigantes como el autorretrato de Ron Mueck. Tenían los ojos abiertos y el pelo lleno de sangre.

(Durante el desayuno, Felipe Calderón Hinojosa aparece en cadena nacional informando los logros de su gobierno, cuyas optimistas cifras considera —obviamente— más relevantes que cien millones de pesadillas.)

Jorge pregunta:

—¿Estás preparado?... —Y agrega—: Es algo natural. No desesperes. Es el ciclo de la vida.

Como si yo estuviera para lugares comunes. Recuerdo un verso premonitorio de Juan Carlos Bautista: «Lloverán cabezas sobre México». ¿Hablaba de los ejecutados en La Marquesa? ¿O del autorretrato de Ron Mueck? ¿Hablaba de la leucemia de mi mamá?... Lloverán cabezas sobre México. Yo no sé en qué planeta vive este japonés que se apellida igual que yo. Por supuesto que estoy preparado; ¿acaso La Familia me dejó otra opción?

Cada hogar zozobra al pie de un mito doméstico. Puede ser cualquier cosa: la excelencia educativa o la pasión por el fut. Yo crecí a la sombra de una vuelta de tuerca: pretender que la mía era realmente una familia.

Jorge se fue de casa cuando cumplí trece años. No recuerdo haberlo conocido sino hasta los tres. (Como dijo Chesterton: «Lo que sé de mi nacimiento ha llegado hasta mí por tradición oral, así que podría ser falso».) Eso nos deja un margen de diez años compartidos. Sin embargo, mamá no se conformaba con andar del tingo al tango: casi siempre era uno solo de sus hijos (frecuentemente yo; años después mi hermana pequeña) el elegido para acompañarla en sus orgías ferroviarias. Entretanto, los demás eran o éramos abandonados con parientes y/o en hogares de «señoras de confianza»: hirsutas nanas atroces que nos enseñaron a amar a Charles Dickens en tierra de indios. Hubo una seño Amparo de Monterrey que me recomendaba ir preparándome porque de grande iba yo a ser maricón. Lo decía para quitarse de antemano la culpa de los denodados esfuerzos en violarme que practicaba el mayor de sus hijos. Hubo en Querétaro una doña Duve que, para quedarse definitivamente con Saíd (su consentido por ser el más bello y el menor), mantuvo a este secuestrado durante cuatro días en un tapanco, comiendo y durmiendo en el suelo y con un tobillo atado a un barandal. Otra mujer, en Monclova, nos obligó a abdicar de nuestros apodos infantiles (Coco, Cachito, Pumita) so pena de varazos en las nalgas.

Estoy seguro de que tales maltratos no eran crueldad pura. Los ocasionaba en parte la frustración de que, por semanas, mamá incumpliera los pagos de nuestra manutención.

Total que apenas conviví con Jorge, este chico nipón que encarna la más sagrada figura paterna que conoceré, durante lustro y medio más algunas vacaciones de verano. Ahora él pasa de cuarenta. Yo estoy cerca de los treinta y ocho. Y, se supone, debo escribirle una carta que comienza así: «Tristemente, los pronósticos se cumplieron: Lupita padece leucemia. Lamento darte esta noticia sin poder darte también un abrazo».

(Siempre, entre nosotros, la llamo *Lupita*. No para alejarme de ella: distanciándome de él. ¿Cómo le informas a un extranjero casi desconocido de que su madre, tu madre, agoniza…?)

Luego del circunloquio inicial, paso a pedirle dinero. Termino la carta y la envío por e-mail. Cierro mi laptop. Salgo del hospital en compañía de Mónica. Tenemos hora y media para comer. Vamos a un Vips. Ella ordena:

—Por favor, dígame cuál es el plato que sale más rápido.

—Cómo no, señorita. Estamos aquí para servirle. Lo que se le ofrezca.

—El platillo más rápido, por favor.

—Pues… Si se le antoja, yo le sugiero la pechuga a la parrilla. O la arrachera marinada con totopos. Tenemos varios tipos de hamburguesas, todas muy ricas. ¿O quiere light…? Hay menú light. También tenemos el festival del mole, cuatro platos dist… ¿No…? Cómo no, señorita. Pero mientras, ¿puedo ofrecerle una entrada? ¿Qué le parece un rollito primavera? ¿Quieren ir ordenando su postre…?

La comida tarda una eternidad. En tanto llega, dos meseras y un chalán y el imberbe subgerente pasan por nuestra mesa y nos ofrecen embriagadoras disculpas. ¿Puede usted imaginar un cuadro así en París o La Habana…? Por supuesto que no. Lo cual demuestra, entre otras cosas, que la Revolución mexicana fue un fiasco: las verdaderas revoluciones tienen como principal objetivo volver déspotas y maleducados a los meseros.

Cuando al fin llegan los platos, Mo y yo estamos de muy mal humor. No disfrutamos la comida. Salimos volados. Mientras pago la cuenta, la cajera se desvive en cortesías y nos pide que por favor llenemos si no es mucha molestia una hojita cuyo único objetivo es solamente mejorar día con día el servicio que la empresa nos ofrece aspirando por supuesto de manera constante a la excelencia. Señala dos plaquitas metálicas colgadas del muro: «Misión» y «Visión»: otra vez el omnincompetente rastacuerismo ISO 9000 mexican style saludándonos con un obsceno tufo a Carlos Slim recién bañado en los disfuncionales retretes de cincuenta millones de clientes desnutridos. Todo México es territorio del cruel.

De pronto me descubro: así, idéntico, soy. Este servicio de restaurant es una metáfora de la carta que acabo de escribirle a mi hermano japonés. Soy un mesero en un país de meseros. A veces mis compañeros de trabajo salen en la revista Forbes, a veces se conforman con portar una banda tricolor sobre el pecho. Da igual: aquí todos los meseros mantenemos la norma cívica de escupir dentro de tu sopa. Primero te quitaremos el tiempo con nuestra proverbial cortesía. Después te quitaremos el tiempo con una estupidez criminal.

Welcome to La Suave Patria.

Propina, por favor.

Mamá calavera

Un Día de Muertos soñé que la calaca era mi madre. Habíamos recorrido medio Michoacán: Uruapan, Playa Azul, Nueva Italia, Venustiano Carranza, Santa Clara, Paracho... Parábamos en hoteles fantasmales. En la incómoda cabina de una troca. En semiderruidas casas cuya única iluminación era un quinqué. No lo hicimos por turismo, no lo hicimos por altruismo; formábamos parte de la fanática porra que seguía la estela de una gloriosa escuadra en vías de extinción: Los Madrugueros del Balsas. Un equipo de futbol en cuyas filas militaban el Garras, el chaparro Mel, Eldeazul, la Torre Mijares, el Ciclón. Cantineros y meseros del prostíbulo en ciudad Lázaro Cárdenas donde mi madre se ganaba la vida.

Alguien vino a contarnos —esto fue unos años antes de que el ingeniero Cuauhtémoc Cárdenas asumiera la gubernatura priista y arruinara mi niñez con la implantación de una biliosa ley seca— que el negocio prosperaba en ese pueblo gracias a la nueva carretera y el auge del acero que derramaba sus bondades sobre la siderúrgica Las Truchas. Cientos de obreros solitarios recién desenraizados de la sierra de Guerrero y Oaxaca visitaban nerviosamente, a todas horas, las tiendas de las putas. Ex guerrilleros desengañados y desertores del ejército y prófugos de la cosecha de la copra o la amapola que un día cualquiera amanecieron disfrutando, por primera vez, un empleo de bajo riesgo, un sueldo respetable y un aguinaldo gordo.

Para tantear el terreno, nos mudamos mamá y yo desde Querétaro dejando a mis hermanos provisoriamente al cuidado de la señora Duve. Como no teníamos para pagar el sueldo de otra nana y la renta de una casa, mamá convenció al encargado del negocio de que me permitiera vivir a escondidas en el cuartito que ella alquilaba al fondo del prostíbulo. Para tranquilizar la conciencia del sujeto, tuvo que prometerle —como si aquello fuera no un putero sino una casa de huéspedes para señoritas— que nunca entrarían hombres a nuestra habitación.

Mi madre trabajaba, con el orden mental de un burócrata, ocho horas por cinco turnos semanales. De diez de la noche a seis de la mañana. De la noche del martes al amanecer del domingo. Nunca ganó mucho. Sus ingresos provenían de fichar bailes y copas. Siempre se vanaglorió de ser una prostituta con un código de acero y su regla principal consistía en no realizar coitos a cambio de un pago («Yo bailo», decía cuando, profundamente alcoholizada, nos pedía perdón; «Yo bailo», y hacía, como si fuéramos bebés incapaces de entender sus palabras, la mímica de mover su cadera mientras colocaba una de sus manos sobre el vientre y la otra en el aire junto a la oreja). Hoy pienso que se trataba de una regla inoportuna, incluso impracticable. Supongo sin embargo que, más que un ejercicio de moral y buenas costumbres, lo que había en estas ideas era un resabio de militancia sindicalista herencia de la participación de mi abuelo Marcelino en el movimiento ferrocarrilero de fines de los cincuenta.

Mamá volvía a nuestro cuarto al amanecer. Por lo regular, ebria. Me estrechaba contra su pecho e intentaba dormir algunas horas. Yo, despierto, esperaba a escuchar sus ronquidos para escabullirme por entre sus manos de uñas larguísimas y salir de la habitación hasta la calle procurando evitar el chirrido de la puerta metálica, los regaños del conserje y la presencia de las otras mujeres pintarrajeadas y chillonas cuyos gritos y obscenidades escuchaba al otro lado de la hilera de puertas que daban a los cuartos de fornicio: *pinche puta culera culopronto lambegüevos jija de un pito blando si así como eres mamavergas fueras buena para lavarte la panocha.* Caminaba a través de un estrecho pasillo que conducía por un costado del rojizo antro hasta la calle, o mejor dicho hasta el baldío rodeado de malla ciclónica que había junto al prostíbulo. Un estacionamiento (a esa hora vacío de automóviles) donde los cantineros y meseros improvisaban diariamente, ojerosos y pintados de sudor, una virtuosa cáscara de fut.

Al principio todos malquerían mi condición de espectador. Apenas me descubrían, los jugadores frenaban las hostilidades para informar al encargado que ahí estaba de nuevo el cabrón chamaco de la Mary, espiándolos. El encargado despertaba a mamá y amenazaba con corrernos. Mamá me llevaba de regreso al cuarto, conteniendo el llanto, de seguro con ganas de golpearme. Nada más decía:

—Hijito, por favor, pórtate bien, cuídame cuando duermo, ¿que no ves que estoy sola...?

Yo nunca obedecí.

Al paso del tiempo y con tal de no interrumpir las acciones (un partido de fut con tiempos fuera es un rollo de grabados orientales reducido a postales de Hallmark) los jugadores se resignaron a tenerme en calidad de público. Para disimular mi ilícita presencia, el encargado terminó por pararse a mi lado y ver el encuentro. Luego algunas mujeres —entre ellas mi mamá— aparecían de tanto en tanto alrededor de la malla ciclónica. No tardaron en surgir los gritos de ánimo, las apuestas, la cerveza matutina...

Un día el chaparro Mel fue a ver al encargado con una petición comunitaria:

—Ya estamos bien entrenados, don. Lo queremos de padrino. Queremos que nos inscriba en la liga municipal.

Así nacieron Los Madrugueros del Zombi (Zombi era el nombre artístico del establecimiento). En su papel de patriarca, el encargado pagó las inscripciones, las fotos de las credenciales y el costo de unos bellísimos uniformes en guinda y blanco que se descosían por completo a cada juego. El Ciclón vino una tarde a ver a mi mamá (desde el pasillo, por supuesto) y le explicó que, como yo los seguía mucho y les echaba porras, él me había propuesto como mascota del equipo. Era un pretexto para ligársela. No me importó: recuerdo solamente la emoción febril de haberme parado ante el espejo vistiendo mi primer uniforme de fut.

Los Madrugueros ganaron el campeonato municipal. Poseían lo necesario para ser una aplanadora: entrenamiento diario a una hora temprana y estricta, voluntad enfermiza de destacar en algo, prohibición de beber casi todas las noches, un disciplinado rencor, adiestramiento para hacer chapuza en equipo… Tenían también, por supuesto, la porra más provocativa y desconcertante del torneo.

Infatuados por el éxito, usaron su derecho de campeones (un derecho que las autoridades locales intentaron escamotearles por todos los medios, ofendidas ante la idea de que Lázaro Cárdenas jugara contra el resto de Michoacán representada por una caterva de carteristas, sacaborrachos y padrotes) para inscribirse en la liga estatal. Para mayor escándalo, se cambiaron el nombre: ahora serían Los Madrugueros del Balsas.

—Pues ya no representan a un humilde congal —declamó el encargado en elegante ceremonia realizada en torno de la barra del tugurio—, sino al mismísimo y caudaloso río que transcurre a un costado de nuestra ciudad amada, junto a la planta acerera más grande y próspera de México.

Ahí (como suele suceder con el país tras los mejores discursos del presidente en funciones) se fue todo por el tubo.

Los Madrugueros descubrieron muy tarde que, para lucir en la estatal, hacía falta verdadero patrocinio: dinero. Era necesario viajar dos veces al mes para jugar de visitante, lo que implicaba ausentarse del trabajo y por lo tanto perder las propinas. No siempre había que ir muy lejos pero Michoacán es grande: en ocasiones los trayectos duraban hasta cuatro y cinco horas. Había también que comprar comida, pagar gasolina, pernoctar. No era fácil conseguir hospedaje para trece o catorce personas en los pueblitos más pequeños del estado. Sin contar con que nunca faltaría un ranchero desconfiado que sacara la Magnum antes de escuchar los buenos días si alguien traspasaba accidentalmente los predios clandestinos de su propiedad.

Otra complicación consistía en la logística de transporte. Si se perdía el encuentro, las mutuas recriminaciones hacían temerario que algunos jugadores regresaran a casa juntos. Si se ganaba, era perentorio contar con al menos un vehículo amplio, de buen motor y fácil maniobra, pues los porristas locales, habituados a la Ley de la Sierra, nunca se andan por las ramas. Sobraban escupitajos, baños de agua, pedradas, botellazos… Nunca faltó el espectador que sacaba su machete y amagaba las gónadas de nuestro centro delantero.

Si tocaba jugar de locales, el problema era aún mayor. Al no contar con el apoyo de la liga municipal ni de ningún otro equipo lazarense, los Madrugueros (después de todo habían humillado en la cancha a ejecutivos de banco, maniobristas de altos hornos e ingenieros graduados en el Tec de Monterrey) carecían con frecuencia de campo donde recibir. Alguna vez se atrevieron a improvisar un partido de tirada corta en el estacionamiento donde entrenaban. Marcaron con cubos de agua los mojones de cada portería. La comisión estatal del deporte los multó y falló juego perdido por default.

El apoyo financiero se extinguió. La porra entró en desbandada. Los jugadores fueron desertando paulatinamente. A veces se presentaban solamente nueve o diez y teníamos que sobornar al árbitro para que no anulara el encuentro. Mi madre y yo seguíamos siendo los más constantes. Ella entendía lo que el equipo significaba para mí y jamás le dio la espalda a mi antojo.

Así llegó el último juego del torneo. Saltamos a la cancha en Maldemillares, comunidad de apenas unos cientos de habitantes. Fue una cáscara deprimente porque ya todos sabíamos que el equipo estaba descalificado y solo se trataba de completar, por trámite, la última fecha del calendario deportivo. Ni siquiera yo tenía el ánimo suficiente para echar porras o besar la camiseta de mi percudido uniforme. El partido terminó 3 a 1. Los lugareños, conscientes de nuestro sitio en la tabla, se mostraron piadosos: fuimos invitados a la fiesta del pueblo.

Era 2 de noviembre. Pese a estar en Michoacán, la celebración no se parecía a ninguna de esas fanfarronadas folkloesquizoides que le endilgan a uno en las escuelas públicas: ni altares mortuorios ni veladoras ni platitos de tamales ni crucecitas de sal. En lugar de eso, niños con acento chicano pidiendo halloween entre las milpas y los establos, y viejecitas rezando el rosario con el rostro cubierto por rebozos negros y maquillaje Avon, y señores en Ramblers fumando mariguana o bebiendo charanda al son de las canciones de Led Zeppelin o Los Cadetes de Linares…

Lo único extraordinario fueron las calaveras de azúcar. No recuerdo haberlas conocido hasta entonces. Tenían escritos nombres en la frente. El Ciclón, rastrero como era, le trajo a mamá una que decía «Mary». Yo me encelé. Mamá, para consolarme, me obsequió la golosina. Con un poco de rabia y otro poco de gula, me la eché entera a la boca y la pulvericé de dos muelazos. Sabía horrible. Como a inyección. Quiero decir: como al olor a alcohol de las torundas que me untaban en las nalgas cuando iban a inyectarme.

Volvimos a Lázaro aquella misma noche, apoltronados en la parte trasera de una pick-up. Algunos Madrugueros cantaban a coro, bajito, una canción de Rigo Tovar: dónde te has ido, mujer, no lograrás encontrar otro cariño como este.

Yo me quedé dormido con su arrullo.

Soñé ser uno de ellos. Soñé que mi madre me besaba en la boca. Me apaciguaba los cabellos y decía: duérmete ya. Me acariciaba con sus manos delgadísimas, con el filo ligero de sus largas uñas pintadas de un morado intenso, con sus manos blancas como el fósforo, sus manos que sacaban chispas de la oscuridad. Recorrí con mis dedos su brazo hasta llegar al hombro, el cuello, la cara: todo dulce, todo claro, todo hueso. Mamá era una calavera blanca y dura con olor a inyecciones. Una muerta de halloween. Un pelado esqueleto de azúcar.

Me desperté de un brinco, llorando entre los cantantes. Mamá quiso abrazarme pero yo, con los ojos abiertos, seguía viendo en su cara la cara de la muerte. Quise zafarme de ella y saltar de la pick-up. Marisela me sujetó con ambos brazos contra su pecho. Me calmó. Me recordó quién era. Lo dijo varias veces:

—Soy yo, Cachito. Soy mami.

Alertado por otros pasajeros, el conductor frenó el vehículo. Nos detuvimos un rato en un recodo del camino. Poco a poco logré tranquilizarme. Le pedí a Marisela que me dejara verle bien el rostro para comprobar que no era La Huesuda. Como estábamos en penumbra, uno de los jugadores sacó su encendedor y le iluminó el semblante con la flama.

—¿Ves? —dijo ella con voz tranquilizadora—. Soy yo. Normal: con mi carne y mis orejas y mi pelo.

Respiré aliviado y me abracé a su torso. Reemprendimos la marcha. Los viajeros volvieron a cantar. Ahora una de Camilo Sesto: vivir así es morir de amor, por amor tengo el alma herida.

Esa fue la última vez que Los Madrugueros del Balsas jugaron un partido de futbol.

Al llegar al Zombi, mamá arregló la cama y me dio un baño y me arrulló. Luego se duchó y comenzó a maquillarse para salir a trabajar aunque fuera solo un rato. Yo la espiaba con los ojos entrecerrados, fingiendo dormir. Me pregunté si su piel no sería simplemente una más de esas capas de pintura en polvo, crema y otras emulsiones que ahora extendía sobre sus párpados, sus mejillas y su boca. Como en *Los Invasores*, el programa de TV donde los aliens se disfrazan de terrícolas: «David Vincent los ha visto»… Me pregunté si mi madre no sería en realidad, debajo de todo aquel maquillaje, la mera muerte: la calavera de mis sueños.

Mamá retórica

Esto que escribo es una pieza de suspenso. No por su técnica: en su poética. No para ti sino para mí. ¿Qué será de estas páginas si mi madre no muere?

He procurado hacer un retrato a mano alzada de mi leucémica madre. Un retrato aderezado con reminiscencias pueriles, datos biográficos y algunos toques de ficción. Un retrato (un relato) que dé cuenta de su circunstancia médica sin sucumbir del todo al tono tópico del caso: doctores y llanto, entereza sin límites del paciente, solidaridad entre los seres humanos, purificación de la mente a través del dolor… No, por favor. Mesero: retíreme estos leftovers de Patch Adams.

Sigo y contradigo una lección de Oscar Wilde: la belleza importa más que la existencia. La belleza es la verdadera vida.

A diferencia de Wilde, quien pensaba que los testimonios son inanes y lo trascendente es embellecer nuestra percepción de lo real llenando nuestro entorno de objetos sublimes, yo experimento los adornos (hasta lo sublime corre el riesgo de volverse un adorno) como nuevorriquismo y como obscenidad. Convertir un anecdotario en estructura, por el contrario, ofrece siempre el desafío de conquistar cierto grado de belleza: lograr un ritmo a despecho de la insonorizada vulgaridad que es la vida. Wilde consideraba que escribir autobiográficamente aminora la experiencia estética. No estoy de acuerdo: solo la vecindad e impureza de ambas zonas pueden arrojar sentido, y de eso precisamente se trata *The Ballad of Reading Gaol*, única obra firmada por el inmortal C.3.3. Formalizar en sintaxis lo que le sucede a uno (o mejor dicho lo que uno cree que le sucede) a contraluz de un cuerpo vecino es (puede llegar a ser) más que narcisismo o psicoterapia: un arte de la fuga. Por eso *De Profundis* sigue siendo un texto bello, atípico y difícil. Claro que yo no soy ni la uña del meñique de Oscar Wilde. Sin embargo, tengo una ligerísima ventaja pragmática sobre él (además por supuesto de que poseo relativa libertad de tránsito, mis trabajos forzados son mentales y uso una computadora; soy un dandy): yo no «me hago terribles reproches» por no poder escribir. Al contrario: incluso si el vicioso amor que siento por mi madre destruyera eventualmente mi oficio (o cualquier otra cosa que deba destruir), seguirá siendo un amor cifrado en palabras. La lujuria de hospital que secuestra y envilece mi energía y atención es, en alguna medida, tiempo sexualmente muerto. *Anima sola.* Tiempo en el que se encarnan, además de un agujero negro, excelentes horarios de escritura. Mi bancarrota y mi cárcel y mi encíclica son una y la misma pulsión.

Escribo para transformar lo perceptible. Escribo para entonar el sufrimiento. Pero también escribo para hacer menos incómodo y grosero este sillón de hospital. Para ser un hombre habitable (aunque sea por fantasmas) y, por ende, transitable: alguien útil a mamá. Mientras no esté abatido podré salir, negociar amistades, pedir que me hablen claro, comprar en la farmacia y contar bien el vuelto. Mientras pueda teclear podré darle forma a lo que desconozco y, así, ser más hombre. Porque escribo para volver al cuerpo de ella: escribo para volver a un idioma del que nací.

Quiero aprender a mirarla morir. No aquí: en un reflejo de tinta negra: como Perseo atisbando, en el envés de su escudo, la flexión que cercenaba la cabeza de Medusa.

¿Y si mamá no muere? ¿Valdrá la pena haber dedicado tantas horas de desvelo junto a su cama, un estricto ejercicio de memoria, no poca imaginación, cierto decoro gramatical; valdrá la pena este archivo de Word si mi madre sobrevive a la leucemia…? La pregunta sola me convierte en una puta de lo peor.

Mamá estaría orgullosa de saberlo, pues ella me brindó mis primeras y más sólidas lecciones de estilo. Me enseñó, por ejemplo, que una ficción solo es honesta cuando mantiene su lógica en la materialidad del discurso: ella mintiendo a los vecinos sobre su origen y su oficio con un vocabulario exquisito, incomparable al del resto de las mujeres del barrio, imposible de imaginar en la voz de una prostituta que no cursó más de dos años de escuela elemental. En la adolescencia me hizo leer el *Manual* de Carreño y, enseguida, *La canción del verdugo*. Ella había subrayado en este último un pasaje que describía a un presidiario cuya curiosa habilidad consistía en plegar elásticamente su cuello y su cabeza sobre el torso para chupar su propia verga.

Me permitió intuir que los sentimientos profundos no admiten distinciones tajantes entre soportes sublimes y banales, y que esta incómoda condición de la belleza será siempre cínicamente usufructuada por diletantes y burócratas del gusto: es fácil manipular a los cursis semicultos con un par de yambos famélicos, y en cambio todos nos avergonzamos de la ignorancia, esa desgarradora noche oscura del habla. Una vez, caminando por la Barra de Coyuca, me apretujaba la mano hasta causarme dolor y entonaba lugares comunes popularizados por Lorenzo Santamaría, un cantante de moda: para que no me olvides ni siquiera un momento, y vivamos unidos los dos gracias a los recuerdos, para que no me olvides. Se detuvo llorando y se hincó a mi lado y dijo:

—Tú y yo sabemos que ese tema no va a sonar en el radio para siempre.

Unas semanas antes de que mamá cayera enferma, Heriberto Yépez me escribió desde Tijuana contándome sus impresiones tras haber conocido en un viaje a Chicago y Nueva York a algunos de los famosos language poets.

Los language me parecen inteligentísimos pero el 90 por ciento del tiempo me dejan frío. Conociéndolos en vivo me di cuenta de qué sucede: son el típico gringo inteligente pero sin alma. Un día uno de los principales, Bruce Andrews, me dijo, como si dijera «quiero agua», que él «don't fuckin' care about spirituality». No mames, quiero seguir creyendo que me lo dijo porque se había tomado tres cervezas. No concibo a un poeta que no tenga una vena espiritual. Sin espiritualidad no hay poesía.

Estuve a punto de contestar: por supuesto. Porque en ese momento me parecía algo fuera de discusión. Pero luego vino la leucemia con su vasija de químicos y su manual de ejercicios demenciales. Ahora estoy a ciegas junto a la cama de mi madre, otra vez ha oscurecido y el parpadeo sonoro del hospital hace las veces de un detector de mentiras. Guadalupe «Charles» yace enchufada a la bomba de infusión de su sexta quimioterapia. Tiene la presión baja. Le duelen las encías. No ha vomitado pero lleva cinco noches de severo estreñimiento. La doctora recetó Metamucil y mucha agua, así que Guadalupe bebe tres litros diarios. Continúa sin cagar pero mea cada veinte minutos. Como la tienen enchufada a la máscara negra —así apoda mi madre al suero doble de la quimio—, tengo que traer el cómodo y meterlo bajo sus nalgas, retirarlo cuando cesa el sonido, limpiar el coño con un kleenex y vaciar luego los meados en el inodoro. Hace un rato mojó la cama y tuve que llamar a dos afanadoras para que le cambiaran las sábanas. Mi rutina antiséptica representa un trabajo más o menos arduo que, sumado al tránsito de médicos y enfermeras y los cambios de turno y los horarios de alimentos y el arribo de facturas y recetas, entrecorta la escritura. ¿Será esto la espiritualidad: poder ir de la redacción de esta frase a la ejecución de mis responsabilidades cotidianas sin que medie entre una y otra zona ningún silencio de percepción? ¿Será un horror tan profundo ante el vacío que me vuelve solícito a la hora de cultivar deyecciones? ¿Será, si no, mi certeza rozagante de que la verdadera redención consiste en mirar al excremento (por fin) a los ojos tal y como estoy haciéndolo ahora: sentado cómodamente en un sillón, sin dios y sin zapatos? ¿Será un demonio más sutil y socarrón: esta tentación o comezón de repetir tres veces, a la Beetlejuice, sin creerlas del todo, las palabras de Bruce Andrews: «i don't fuckin' care about spirituality / I don't fuckin' care about spirituality / I don't fuckin' care...»?

¿Y si mamá se cura?

Pasado mañana van a asestarle la séptima sesión de químicos. Van a ponerle más sangre y una nueva carga de plaquetas. Luego estará en observación de diez a catorce días, lo que incluye una nueva toma de médula ósea (ya imagino los gritos). Y entonces quizás esté lista para volver a casa.

Apenas pienso que podría salvarse, pierdo el ritmo de la respiración; dejo de redactar con soltura. Tengo una visión *material* de lo que esto es: un texto. Una estructura. Una estructura, debo añadir, a la que le he insuflado cierto aire trágico.

¿Y si mamá no muere? ¿Seré justo contigo, *lector* (así llamaban losególatras del siglo XIX a este filón de angustia), si te llevo con pistas falsas a través de una redacción que carece de obelisco: un discurso plasma...? No hay que olvidar que soy una puta: tengo una beca, el gobierno mexicano me paga mes con mes por escribir un libro. Mas ¿con qué cara podré avanzar a través de esta redacción si la poética leucemia de mi personaje es derrotada por una ciencia de la que yo carezco...?

Esto que escribo es una pieza de suspenso. No en su poética; por su técnica. No para mí, sino para ti.

Mamá madrastra

Cara, dolce, buona, umana, sociale…

Eros Alesi

Que a los treinta y tres, última edad de Cristo, formé una banda de rock y la llamé Madrastras. Que —nunca lo dije— la llamé así para burlarme de mi madre, la mezquina, la pedinche, la dictadora, la maltratada mujerzuela hija de mala madre a quien secretamente llamé por años mi madrastra porque yo era una princesa y ella una bruja metomentodo arruinándome la vida, lo mejor, lo barato, robándose una cadenita de oro de mi segunda esposa o diciendo cómo debía cambiarle los pañales a mi primer bebé. Que tocó muchas veces a la puerta de mi casa como dios en un soneto de Félix Lope de Vega y Carpio para recordarme que soy un mestizo basura que estos diplomas y recortes de periódico elogiándome son nada que llegué a la clase media por la puerta de servicio con un suéter raído. Que me llamaba y llamaba. Que yo me quedaba calladito me escondía me encerraba en la recámara aspiraba una dos ocho rayas de cocaína y ella gritaba ábreme hijito yo sé que estás ahí yo sé que andas muy mal estoy preocupada estoy aquí sentada en la puerta no tengo ni un centavo no he comido desde ayer estoy enferma ábreme por qué eres así por qué te convertiste en un perro rabioso y luego otra vez el llanto ábreme hijito por favor y yo otra raya.

Que me dije: ya abriremos mañana para lo mismo responder mañana.

Que la dejé de ver durante años porque su sola presencia me volvía miserable. Que una voz repetía en mi cabeza: por su culpa eres white trash. Que otra voz se burlaba: pero si no eres blanco eres un indio patarrajada un prieto con apellido extranjero una burla biológica un vil mestizo pero sí: una basura. Que le impedí ver a mis hijos para que no los contagiara. Que por miedo también a contagiarlos (y porque no soy lo que llaman una buena persona) yo mismo los abandoné. Que gocé la vida tuve orgasmos más bellos que un pasón de opio bebí degluti aspiré fumé dormí con mujeres cándidas sórdidas orales anales icónicas alcoholizadas ágiles débiles mentales verdaderas artistas frígidas apasionadas compañeras de lucha bastardas de la casa de Borbón sin desnudarme nunca de esta espina en el limbo de mi oreja llamada dos hijos contaminados de mí que ya no soy una princesa soy también un papá padrastro una piedra en el zapato de sus adolescencias arruinadas.

Que una noche le dije que me estaba jodiendo la vida. Que me pedía dinero. Que se pasaba días deprimida por ya no ser hermosa: tirada en un sillón marchitándose a expensas de mi sueldo de risa con horrendas películas mexicanas de los años setenta televisadas por cadena libre. Que me echaba la culpa que le echaba la culpa de todo. Que me dijo si te vas a ir vete grandísimo hijo de puta pero tú ya no eres mi hijo tú para mí no eres más que un perro rabioso. Que la odié desde septiembre de 1992 hasta diciembre de 1999. Que durante esos años me di religiosamente cada día un instante de odio para ella con la misma devoción con la que otros rezan el rosario. Que la odié de nuevo algunas veces en la década siguiente pero ya sin método ya solo por inercia: sin horarios. Que la he amado siempre con la luz intacta de la mañana en que me enseñó a escribir mi nombre.

Que una vez cuando era niño alguien me pegó en la calle y mamá me condujo a la comandancia de policía para acusarlo pero el golpe no se notaba. Que para hacer más evidente el daño y castigar así al culpable, ella misma me dio una segunda patada en el tobillo.

Mamá leucemia

Nos telefoneó un sábado temprano. Mónica inauguraría unos días más tarde una muestra de sus dibujos en Aguascalientes, así que estábamos atareados embalando cuadros y haciendo las maletas.

Habló un rato con mi mujer. Luego conmigo. Mencionó a sus nietas, se quejó de los camiones que pasan junto a su puerta «haciendo un ruido infernal», criticó el budismo de Paty Chapoy, elogió a Barack Obama... Su tesitura al otro lado de la línea era chocante. Sonaba como una ancianita.

—Necesito algo —dijo antes de despedirse—. Necesito que me compres un andador de aluminio. Estoy muy cansada.

Dije que sí y colgué.

Mónica opinó que podría tratarse de algo grave.

—Es su manera de chantajearme porque no he ido a visitarla —respondí.

Pasamos por su casa una noche antes de salir a la carretera.

No me gusta, su casa. La fachada es azul rey con ventanas redondas pintadas de blanco. Hay apenas poco más de metro y medio entre el techo y el recodo de la escalera que lleva al segundo piso. Casi ningún apagador funciona: los focos deben encenderse conectando cables de peladas clavijas a enchufes escondidos detrás de un cuadro o un vano de muro o un altero de ropa vieja que supuestamente se halla a la venta. Todas las habitaciones viven colmadas de trebejos: frágiles sillas en eterna espera de reparación; burós estilo Frankenstein Tardío armados con pedazos de palo sin pintar; revistas de medicina o de enigmas seudocientíficos con fecha de los noventa y manchadas por la humedad de al menos cuatro lluvias; máquinas de coser descompuestas; electrodomésticos descompuestos; fragmentos de juguetes Fisher Price o Lily Ledi o Mattel; frases cursis impresas sobre laca y acrílicos coloridos y/o podridos; platos y vasos y vasijas, principalmente de plástico.

De cara a la puerta que da a la calle hay dos grandes espejos, un mostrador, una moderna silla cromada y una mesa llena de herramientas de peinado y corte de cabello. En eso consiste La Estética: el negocio que mi madre y mi hermana sostienen a duras penas desde hace cuatro años.

No baja a recibirnos. Tenemos que subir hasta su habitación. Diana abre la puerta y nos escolta.

Mamá yace en la cama con los ojos cerrados. El matiz papel estraza de su piel luce diluido, amarillento, como cubierto por una capa de crudo nixtamal. Nos cuenta que tuvo una dura infección en los intestinos. Que no logró obrar durante cuatro días pero últimamente ha conseguido ir al baño y se siente mejor. Ahora, dice, solo se encuentra débil. Es que no ha comido bien. Promete empezar a hacerlo hoy mismo. Se le nota triste.

Diana, que está harta de lidiar con la hipocondría que aqueja a Guadalupe desde hace años, dice ríspidamente:

—Tienes que levantarte de la cama.

Mónica y yo nos quedamos callados.

No es para tanto, pienso: apenas tiene sesenta y cinco años. Luego de quince o veinte minutos de acariciarle los cabellos, le propongo que vayamos al doctor. Ella dice que no. No hace falta. Ya está bien y estará aun mejor gracias a mi visita. Melodramatiza pero no miente: me ama. Y yo a ella, aunque con esa pasión ambigua del Iscariote que se fuga del cuento llevando consigo, intacto, el saquito de monedas de plata…

(¿Es por eso que siento alivio al no tener que llevarla al doctor? ¿Es un buen hijo o un sociópata el que camina en ese instante con mis huesos…?)

Volvemos a casa. Nos acostamos temprano porque el plan es tomar la carretera antes de que amanezca. Yo sueño toda la noche que estoy reclinado sobre un lavabo escupiendo cuajos de saliva negra y tratando de aliviar mi dolencia con un remedio popular en cuya etiqueta se lee: *Hiel Ayudada.*

Pasan los días y mamá sigue igual. Telefoneo a Aldo Reyna, nuestro médico de confianza, y le pido que me acompañe a verla. Aldo la ausculta con detenimiento exasperante. Pone cara de alarma incluso antes de concluida la consulta. Va al laboratorio de la esquina, solicita un kit y extrae él mismo las muestras de sangre y orina necesarias para practicarle a mi madre una biometría hemática.

—¿Por qué no me llamaste antes? —reprocha sorprendido mientras descendemos la escalera enana.

Yo no sé qué responder: estoy cuidando de que su cabeza no se estrelle contra el techo de hobbit del rellano.

Los resultados llegan alrededor de las seis. Aldo ha tenido que marcharse a una comida familiar (es justamente el Día del Médico), así que Mónica pasa por ellos. Antes de hablar conmigo, le telefonea a él. Aldo le pide que lea en voz alta dos valores de la prueba: leucocitos y plaquetas. Hay un momento de confusión, ansiedad, delay…

Luego él ordena:

—Dile a Julián que tenemos que internarla ahora mismo. Que suspenda cualquier compromiso durante las próximas semanas.

Enfermar posee un daltónico rango perceptivo que va del arruinamiento de tu fin de semana al horror. La estación más aguda de ese tren no se halla en los extremos sino en alguna zona indefinida del trayecto: el dolor pulido hasta la condición de diamante intocable. Alguien te conecta de pronto a un cable de intensificación. Es el sublime trueno de Kant despojado de crochet lírico y vesperales caminatas digestivas; solo caverna húmeda. Una esfera sensitiva. Salvo que la esfera es un emblema de la perfección. Y darle título de perfección a lo que está a punto de vivir mi madre sería maldad pura.

La ingresaron a Urgencias. Estuvo cuatro horas en ese galerón entrecortado por cortineros donde cada dos metros alguien llora. Me indicaron que debía quedarme ahí pero que me hiciera a un lado, así que estuve largo rato rebotando entre enfermeras, doctores, escritorios y tanques de oxígeno mientras la escuchaba gritar «qué me hacen, no me haga eso, por favor» y «sesenta centímetros, sesenta centímetros». Al rato, Aldo salió de detrás de uno de los cortineros en compañía de otro joven médico al que presentó como Valencia.

—Se quedará —dijo este último—. Más vale que mentalices una larga estancia. Toma abundante agua, come plátanos, procúrate ropa cómoda. Vas a necesitar donadores de sangre. Muchos. Tu primer impulso será donar tú. No lo hagas. ¿Qué tan bueno eres para dar malas noticias?

Me entregaron papeles que debía presentar en la oficina de admisiones.

Fuera de Urgencias se congregaba ya el escaso público: Mónica, Diana y Gerardo, Saíd y Norma. Me reuní con ellos y, mientras les informaba, pasamos unos minutos fumando y bebiendo café. Después realicé los trámites requeridos y volví a Urgencias en busca de Lupita. Ya no estaba: la habían trasladado al área de Medicina Interna. Tardé casi dos horas en encontrarla.

Mientras, la recién rebautizada Guadalupe Charles se incorporó a la sección de Medicina Hombres: no había camas disponibles en el ala femenina. Ante la ausencia de un pariente acompañándola, las enfermeras intentaron obtener directamente de ella los datos que debían asentarse en el registro. Guadalupe respondía a todo «sesenta centímetros, sesenta centímetros», con los ojos en blanco y la cabeza caída sobre uno de sus hombros. La desvistieron. Le pusieron una bata que dejaba sus nalgas al aire. La sentaron sobre una silla de ruedas de plástico en forma de cómodo y la arrastraron hasta el baño, que estaba ocupado. Ante la ausencia de un pariente acompañándola, las enfermeras decidieron abandonarla un rato en medio del pasillo con el culo a la vista de todos. Cuando al fin la ducharon, eligieron hacerlo sin levantarla de su silla de ruedas: con una larga vara en forma de gancho deslizaron el cuerpo bajo un chorro de agua fría, lo sacaron después para fregarlo con estropajo y enseguida volvieron a meterlo en la ducha durante el tiempo que estimaron necesario para diluir todo el jabón.

Cuando logré dar con ella estaba en la habitación 108 (al día siguiente sería trasladada a la 101 para aislamiento). Yacía junto a un octogenario víctima de enfisema del que la separaba nada más una traslúcida cortina verde. Tenía los cabellos húmedos y esparcidos sobre una toalla. Le toqué la frente y entreabrió los ojos. Murmuró:

—Todos tenemos un espacio. Yo tengo sesenta centímetros, no sé dónde, en los que puedo descansar. Qué bueno que los trajiste, hijo.

Empecé a creer que la tierra era redonda cuando ingresé a la secundaria. Mi plantel quedaba al otro lado de los rieles, casi a las afueras del pueblo norteño en que vivíamos entonces. Éramos ya lo suficientemente pobres como para considerar inaccesible el pago cotidiano del transporte público. Cada mañana debía caminar unos cuatro o cinco kilómetros. El timbre de entrada era infame: 6.45 am. Pero al menos contaba con la libertad de elegir entre dos rutas para hacer el trayecto. Podía desviarme un kilómetro al sur y cruzar los rieles que separaban mi barrio de la Federal Número 2 usando un paso peatonal a desnivel. O podía dormir quince minutos extra, hacer el recorrido colgándome entre los vagones del patio de máquinas y gozar por añadidura del adrenalinazo de saltar (con la mochila colgada a la espalda como un paracaidista de la U. S. Army) desde convoyes que se desplazaban a velocidades engañosas.

No tardé en jubilar el azoro que de niño me unió a los Ferrocarriles Nacionales de México, chatarra cuyo tendido y velocidad habían variado poco desde los tiempos de la Revolución. Eran como caballos: fierros bravos y mortíferos pero a la vez pusilánimes y alineados, domesticables. Maniobrar entre vagones y ver cómo amanecía al otro lado de ellos fue mi manera de salir de la caverna de Platón. Entendí que no era natural que un trozo de acero se postulara como límite del pulso. O al menos eso invento ahora, mientras la enfermera me clava su aguja y analiza si soy apto para una aféresis plaquetaria.

Un día brinqué desde la muela en movimiento que unía dos contenedores de maíz y simplemente, al caer del otro lado y dar traspiés, lo supe. Qué imbécil, me dije, cómo no lo vi antes. Una sensación copiada de Charlton Heston en *La agonía y el éxtasis* cuando, mientras huye del papa, Miguel Ángel queda extático ante esa milagrosa polaroid llamada La Creación: nubecita alargándose hacia otra nubecita. En ese mínimo temblor de superficies, flotando como *anime* de seda o gasa desde un tren en marcha hasta el lindero de cristal de viento del descampado, sintiéndome felizmente fuera de foco, lo percibí con lucidez de sayayín:

—La Tierra es una esfera.

Claro.

No tengo mucha experiencia con la muerte. Supongo que eso podría convertirse eventualmente en un problema de logística. Debí haber practicado con algún primo yonqui o abuela deficiente coronaria. Pero no. Lo lamento, carezco de currículum. Si sucede, debutaré en las grandes ligas: sepultando a mamá.

Un día estaba tocando la guitarra cuando llamaron a la puerta. Era la vecina. Sollozaba.

—Te queremos pedir que ya no toques la guitarra. A Cuquín lo machucó un camión de Coca-Cola. Lo mató. Desde hace rato estamos velándolo en la casa.

Yo tenía quince años y era una cigarra. Les corrí la cortesía de callarme. Me puse a cambio, en el walkman, el *Born in the USA*.

Al rato volvieron a llamar con insistencia. Era mi tocayo, hijo de la vecina y hermano mayor del niño difunto. Dijo:

—Acompáñame a comprar bolsas de hielo.

Me puse una camiseta —era verano: en el verano de 47 grados del desierto de Coahuila uno en su casa vive semidesnudo—, salté la reja y caminé junto a él hasta el expendio de cerveza.

Me explicó:

—Está empezando a oler. Pero mamá y papá no quieren darse cuenta.

Compramos cuatro bolsas de hielo. Al regreso, mi tocayo se detuvo en la esquina y comenzó a llorar. Lo abracé. Nos quedamos así un rato. Luego alzamos del suelo las bolsas y lo acompañé a su casa. Del interior de la vivienda salían llantos y gritos. Le ayudé con los bultos hasta el porche, di las buenas tardes y volví a mis audífonos.

Recuerdo hoy el suceso porque algo semejante me ocurrió la otra noche. Salí a comprar agua al Oxxo frente al hospital. De regreso noté a un peatón sorteando a duras penas el tráfico de la avenida. En algún momento, poco antes de llegar hasta donde yo estaba, el peatón se detuvo entre dos autos. Los cláxones no se hicieron esperar. Dejé sobre la acera mis botellas de agua, me acerqué a él y lo jalé hasta la banqueta. En cuanto sintió mi mano, deslizó ambos brazos alrededor de mi tórax y se largó a llorar. Murmuraba algo sobre su «chiquita»; no supe si se trataba de una hija o una esposa. Preguntó si podía obsequiarle una tarjeta telefónica. Se la di. Hay algo repugnante en el abrazo de quien llora la pérdida de la vida: te sujetan como si fueras un pedazo de carne.

No sé nada de la muerte. Solo sé de la mortificación.

En mi último año de adolescencia, a los dieciséis, hubo un segundo cadáver en mi barrio. Tampoco me atreví a ver su ataúd porque, incluso ahora, conservo la sensación de haber formado parte de un azaroso plan para su asesinato. Se llamaba David Durand Ramírez. Era más chico que yo. Murió un día de septiembre de 1987, a las ocho de la mañana, de un tiro realizado con escuadra automática calibre 22. Su desgracia influyó para que mi familia emigrara a Saltillo y yo estudiara literatura y eligiera un oficio y, eventualmente, me sentara en el balcón de la leucemia a narrar la historia de mi madre. Pero para explicar cómo marcó mi vida la muerte de David Durand, tengo que empezar antes: varios años atrás.

Todo esto sucedió en Ciudad Frontera, un pueblo de unos treinta mil habitantes surgido al amparo de la industria siderúrgica de Monclova, Coahuila. Mi familia vivió en ese lugar sus años de mayor holgura y también todo el catálogo de las vejaciones.

Llegamos ahí tras la ruina de los prostíbulos en Lázaro Cárdenas. Mamá nos trajo en busca de magia simpatética:

pensaba que en ese pueblo, donde también se erigía una fundición acerera, regresaría a nuestro hogar la bonanza de los tiempos lazarenses anteriores a la ley seca.

Al principio no se equivocó: en un prostíbulo llamado Los Magueyes conoció a don Ernesto, un anciano ganadero de la zona. Él empezó a frecuentarla como a una puta cualquiera pero al paso de los meses se dio cuenta de que mamá no era tonta: leía mucho, poseía una rara facilidad para la aritmética y, suene esto a lo que suene, era una mujer de principios inquebrantables. Era, sobre todo, incorruptible respecto de las finanzas ajenas, algo que en este país lo vuelve casi extranjero a uno.

Don Ernesto la contrató como sus ojos y oídos en un par de negocios: otro prostíbulo y la gasolinera del pueblo. Le ofreció un sueldo justo y un trato afectuoso. Lo que no evitaba que, de vez en cuando, luego de cuatro tequilas, procurara meterle la mano bajo las faldas, afanes que ella debía sortear sin perder el trabajo ni la compostura.

Marisela Acosta estaba feliz. Organizó a sus hijos para que se cuidaran los unos a los otros con tal de no dilapidar más dinero en nanas neuróticas. Rentó una casa con tres recámaras y un patiecito. Adquirió algunos muebles y una destartalada Ford azul cielo. Trajo tierra negra cultivada en Lamadrid y con ella sembró, al fondo del solar, un pequeño huerto de zanahorias que no crecieron nunca. El nombre de nuestro barrio era ominoso: El Alacrán. Pero por cursi que suene (y sonará: ¿qué más podría esperarse de una historia que transcurre en la Suave Patria?), vivíamos en la esquina de Progreso y Renacimiento número 537. Ahí, entre 1980 y 1982, sucedió nuestra infancia: la de mi madre y la mía.

Luego vino La Crisis del Perro y, dentro de mi panteón infantil, José López Portillo ingresó a la posteridad (son palabras de mi madre) como El Gran Hijo de Puta. Don Ernesto quebró en los negocios suburbanos. Se volvió a su ganado y despidió a Marisela. Mantuvimos montada la casa pero empezamos a trashumar de nuevo: Acapulco, Oaxaca, Sabinas, Laredo, Victoria, Miguel Alemán… Mamá intentó, por enésima vez, ganarse el sustento como costurera en una maquiladora de Teycon que había en Monterrey. La paga era criminal y la contrataban a destajo, dos o tres turnos por semana. Siempre terminaba regresando a los prostíbulos diurnos de la calle Villagrán, piqueras sórdidas que a media mañana se atiborraban de soldados y judiciales más interesados en las vestidas que en las mujeres, lo que le daba a la competencia un aire violento y miserable.

Pronto fue imposible seguir pagando la renta de la casa. A finales del 83 nos desahuciaron y embargaron todas nuestras posesiones. Casi todas: a petición expresa, el actuario me permitió sacar algún libro antes de que la policía trepara los triques al camión de la mudanza. Tomé los dos más gordos: las obras completas de Wilde en edición de Aguilar y el tomo número 13 de la *Nueva Enciclopedia Temática*. La literatura siempre ha sido generosa conmigo: si tuviera que volver a ese instante sabiendo lo que sé ahora, escogería los mismos libros.

Pasamos tres años de miseria absoluta. Mamá había adquirido una propiedad sobre terrenos ejidales en conflicto pero no poseíamos en ese solar más que dunas enanas, cactáceas muertas, medio camión de grava, trescientos blocks y dos bultos de cemento. Erigimos un cuartito sin cimientos que me llegaba más o menos al hombro y le pusimos láminas de cartón como techo. Entrábamos a nuestro hogar a gatas. No teníamos agua ni drenaje ni luz. Jorge dejó la prepa y encontró trabajo paleando nixtamal en la tortillería de un comedor industrial. Saíd y yo cantábamos en los camiones a cambio de monedas. Mamá —que para entonces ya había tenido a Diana, mi hermana pequeña— estaba siempre de viaje.

Al año, Jorge explotó: cogió algo de ropa y se fue de la casa. Tenía diecisiete. Volvimos a tener noticias suyas en su cumpleaños veintitrés: acababan de nombrarlo gerente de turno en el hotel Vidafel de Puerto Vallarta. Aclaraba en su carta que era un trabajo temporal.

—Nací en México por error —me dijo una vez—. Pero un día de estos voy a enmendarlo para siempre.

Lo hizo: a los treinta años emigró a Japón.

No puedo hablar de mí ni de mi madre sin hacer referencia a esta época. No por lo que tiene de patetismo y tristeza sino porque se trata de nuestra versión de la espiritualidad: un híbrido entre *Los olvidados* y el *Dhammapada*. O, mejor y más vulgar: *Nosotros los pobres* en traje de karatecas místicos; *La cámara 36 de Shaolin*. Tres años de pobreza extrema no destruyen. Al contrario: despiertan en uno cierta lucidez visceral.

Cantando en los autobuses intermunicipales que trasladaban al personal de AHMSA de vuelta al archipiélago reseco de pueblos vecinos (San Buenaventura, Nadadores, Cuatro Ciénegas, Sacramento, Lamadrid), Saíd y yo conocimos dunas de arena casi cristalina, cerros negros y blancos, profundas nogaleras, un río llamado Cariño, pozas de agua fósil con estromatolitos y jirafudas tortugas de bisagra… Teníamos nuestro propio dinero. Comíamos lo que nos daba la gana. Decía el estribillo con el que concluíamos todas nuestras interpretaciones: «esto que yo ando haciendo / es porque no quiero robar». Aprendimos a pensar como artistas: vendemos una zona del paisaje.

A veces soplaba nuestra versión coahuilteca del simún. Soplaba fuerte y arrancaba las láminas de cartón que cubrían el jacal donde vivíamos. Saíd y yo corríamos entonces detrás de nuestro techo, que daba vueltas y volaba bajito por en medio de la calle.

Entre 1986 (el año del Mundial) y 1987 (el año en que David Durand murió), las cosas mejoraron bastante: rentamos una casa, compramos algunos muebles y reingresamos paulatinamente a la categoría de «gente pobre pero honrada». Salvo que Marisela Acosta, sin que la mayoría de los vecinos lo supiera, debía acudir cuatro noches por semana a los prostíbulos de la vecina ciudad de Monterrey en busca del dinero con el que nos enviaba a la escuela.

Yo iba al primer año de prepa y, pese al estigma de haber sido un niño pordiosero ante los ojos de medio pueblo, había logrado poco a poco volverme amigo de los Durand, una familia de rubios descendientes de franceses sin demasiado dinero (el padre manejaba un tráiler) pero bastante populares.

Una noche, Gonzalo Durand me pidió que lo acompañara a La Acequia. Iba a comprar una pistola.

Gonzalo era una especie de macho alfa para el clan esquinero que nos reuníamos por las noches a fumar mariguana y piropear a las niñas que salían de la secu. No solo era el mayor: también el mejor para pelear y el único que contaba con un buen empleo, operador de la desulfuradora en el Horno Cinco de AHMSA. Acababa de cumplir los diecinueve. La edad de las ilusiones armadas.

Los elegidos para compartir su rito de pasaje fuimos Adrián Contreras y yo. Nos enfilamos al barrio de junto en un Maverick 74 con placas gabachas. Primero le ofrecieron un revólver Smith & Wesson («Es Mita y Hueso», decía el vendedor con voz pastosa, seguramente hasta el culo de jarabe para la tos). Luego le mostraron la pequeña escuadra automática. Se enamoró de ella enseguida. La compró.

Al día siguiente, Adrián Contreras vino a verme y dijo:

—Sucedió una desgracia. A Gonzalo se le fue un tiro y mató al Güerillo mientras dormía.

La primera imagen que me vino a la cabeza fue ominosa: Gonzalo, sonámbulo, acribillando a su familia… Pero no: Gonzalo salió del turno de tercera y, desvelado y ansioso, se apresuró a llegar a casa, trepó a su litera y se puso a limpiar la pistola a escondidas bajo las sábanas. Una bala había entrado a la recámara. Él, que no entendía de armas, ni se enteró. En algún momento, la escuadra se le fue de las manos. Tratando de sujetarla, accidentalmente disparó. El proyectil atravesó la litera e impactó el vientre de su hermano pequeño, que dormía en la cama de abajo.

David Durand tendría ¿qué? ¿Catorce años? Una vez se había fugado con la novia. Quesque quería casarse. Los respectivos padres les dieron de cuerazos a los dos. Murió en los brazos de Gonzalo, en el asiento del Maverick, camino al hospital.

Adrián y yo asistimos al sepelio mas no nos atrevimos a entrar a la capilla. Temíamos que en cualquier momento alguien preguntara: «pero ¿de dónde sacó este cabrón una pistola…?».

Gonzalo estuvo preso un par de meses. Eso fue lo último que supe de su vida. Mamá, muy seria, dijo:

—Pobre de ti si un día te cacho mirando armas de fuego o juntándote de nuevo con las lacras.

Transcurrió el resto del año. Un día, poco antes de navidad, mamá llegó a casa muy temprano y aún con aliento alcohólico. Saíd, Diana y yo dormíamos en la misma cama, abrazados para combatir el frío. Mamá encendió la luz, se sentó junto a nosotros y espolvoreó sobre nuestras cabezas una llovizna de billetes arrugados. Tenía el maquillaje de un payaso y sobre su frente se apreciaba una pequeña herida roja.

Dijo:

—Vámonos.

Y así, sin siquiera empacar o desmontar la casa, huimos del pueblo de mi infancia.

De vez en cuando vuelvo a Monclova a dar una conferencia o a presentar un libro. Hay ocasiones en que pasamos en auto por la orilla de Ciudad Frontera, de camino a las pozas de Cuatro Ciénegas o a recolectar granadas en el rancho de Mabel y Mario, en Lamadrid. Le digo a Mónica, mientras circulamos por el libramiento Carlos Salinas de Gortari: «Detrás de este aeropuerto transcurrió mi niñez». Ella responde: «Vamos». Yo le digo que no.

Un día amanece puteando contra la enfermería.

—Son chingaderas, Julián. Acabo de salir de veinte horas conectada a la máscara negra, me apagan la bomba y les digo: «me quiero bañar». Una me dice: «ándele, métase, ahorita le traigo otra bata». ¿Tú crees? Y yo con la aguja ensartada en el brazo y el venopack colgando todavía, arrastrando como ánima en pena el bote vacío de la quimioterapia. ¿Tú crees? Y ni modo de decirle «¿que no ves, pendeja, que no puedo ni quitarme la bata si antes no me desenchufas del bote de basura?». Porque aquí estas señoras se ofenden nomás de oírte respirar. Son chingaderas.

Mi hermana sale de la habitación y le dice a la chica de guardia:

—Está empezando a quererte como a una hija.

No sé si su rencor se dirige a la chica o a mamá.

Supongo que todo esto podría interpretarse como una buena noticia. Pero lo más peligroso es la tentación de la esperanza. Bajar la guardia. No voy a hacerlo. Si se cura, bueno. Si muere, ni modo. No hay bendición que se compare al gesto de amar a tu madre, mirarla desfallecer y no hacer absolutamente nada. Quiero decir, nada emocional: firmar cheques, asistir a reuniones médicas, reclutar donadores de sangre. Nada más.

Mi vida de este mes se asemeja, más que a una tragedia, a la campaña de un candidato a diputado. Todo el día estoy pendiente del celular. Saludo de mano. Abrazo. Regalo libros y caramelos a las enfermeras. Trato a mi mujer y a mi hermana como si fueran mis coordinadoras de comunicación social, a los médicos como mis patrocinadores, a los funcionarios públicos como líderes de mi partido, a mis conocidos como una necia y manipulable masa de votantes... Trato el desmadejado cuerpo de mamá como si fuera un proyecto de ley. Mírenla: está deshecha y tiene fiebre, necesita tu sangre, nunca valió la pena pero con un poco de ayuda, con nuestra confianza, con la participación de los jóvenes, pronto será algo más que una pena u ocurrencia mía llenándose de llagas en una cama estrecha. Pronto estará curada y será un emblema del Triunfo del Bien en el Seno de Nuestra Sociedad.

Días buenos.

Días malos.

Por ejemplo el viernes: le permitieron descansar de la quimio y ella, a cambio, la emprendió contra medio mundo. Se levantó de la cama, se bañó sola, pidió que le cortaran el escaso cabello que le queda (la quimio ha ido dejándola calva), comió con apetito y sentada en el sillón, pidió un chiclick de Jennifer Aniston, machacó todo el santo día con que estaba lista para volver a casa. Al día siguiente se fue la luz del hospital y nos retrasamos ocho horas en transfundirle una aféresis plaquetaria. Le volvió el semblante de anémica y apenas tuvo fuerzas para arquear la espalda cada vez que le acercábamos el cómodo. Me dijo en un susurro, apretando las mandíbulas:

—Por favor, llévame. Regrésame a mi casa. No me quiero morir mirando este ridículo piso de colores.

Días buenos.

Días malos.

Gracias a la leucemia comprendí que lo provisional no es una elección: es el ritmo desnudo de la mente. Apenas han pasado veintiún días y el contacto humano como yo lo conocí desapareció tragado por el microscópico tsunami del cáncer. El contacto humano se ha vuelto una sustancia pegajosa. Un archipiélago de coágulos empaquetados y refrigerados bajo la luz aceitosa del Banco de Sangre. Ella es un vampiro y yo soy su Reinfield: mami se chupó a la mitad de mis amigos por la vena.

Primero solicitaron cinco paquetes globulares. Tenían B positivo, así que no importaba a qué tipo de sangre depositáramos el cambio. Se presentaron a donar más de veinte personas. Casi todas mujeres. Solo tres candidatos pasaron la prueba; todas las chicas estaban con anemia y la mayor parte de los chicos eran promiscuos, consumían droga dura o se habían hecho tatuajes en los últimos meses. Luego pidieron más: cuatro, cinco, seis, siete bolsas. Parecen hígados embalsamados por Mattel. Un martes nos reunimos unas dieciocho personas para recolectar el resto de las transfusiones que Lupita requeriría. Gran Maratón Intelectual Por Una Buena Causa: únete, ayuda, participa.

Pasamos uno a uno.

El Banco de Sangre tiene un filo de altar azteca. Los rechazados salen con los ojos húmedos, avergonzados, doblando el papelito con diagramas que dice que su sangre no es apta para los sacrificios. Poetas periódicas. Cantantes desnutridos. Pintoras con las venas demasiado flacas. Historiadores con exceso de glóbulos rojos. Periodistas virulentas. Promotores culturales sin plaquetas. Todo un retablo de adalides de la civilización ridiculizado por una pinche aguja.

Hasta aquí la mortificación era más o menos rabelesiana aunque gobernada por una lógica darwinista y fiduciaria: necesito tu sangre, dámela a cambio de esta zona mercantil del idealismo a la que denominamos Amistad. Algo reductible, aunque sea como metáfora, al FMI. Pero después solicitaron la primera de doce aféresis plaquetarias. Las plaquetas son un líquido espeso cuya apariencia es semejante a la del jugo de piña. Para extraerlas es necesario conectar al torturado a una máquina que saca la sangre, chupa el espíritu amarillo y devuelve el bagazo rojo al organismo secuestrado. Cuando digo «torturado» no estoy usando una figura retórica:

pregúntenle qué se siente a quien haya donado plaquetas. Qué champán ni qué champán: extraer un litro de aféresis cuesta lo mismo que tres botellas de un Moët & Chandon regular. Mamá sibarita y gótica.

Mi tío Juan —tío abuelo, en realidad— fue cazador de brujas. Cuenta mamá que las cazaba con un cordel bendito, con un rosario, con una sábana blanca, con una vela roja hecha de sebo animal, con el filo de una corcholata, con los dedos en cruz tachando veinte veces sobre el lomo del Ser Maligno.

—A las brujas hay que agarrarlas de dos modos —explicaba Marisela acariciando con sus largas uñas nuestros brazos erizados durante ciertas noches de la época feliz en que habitábamos el barrio del Alacrán—: a rezos y a leperadas. Porque Dios les indigna y las vulgaridades mezcladas con artificio de santos les mueven el tapete. Tu tío Juan era un legítimo perro, un maestro de la captura. Primero les echaba padrenuestros, luego las motejaba de pirujas y jijas de un cabrón. Rondaba sus jacales (porque las brujas de antes casi todas vivían en los ranchos, no les gustaba la ciudad) y alternaba rezos y malarrazones mientras sobaba con las yemas un rosario o hacía nuditos del Santísimo Cordel. A veces cantaba canciones para seducirlas. Canciones cubanas de las que les gustaban a él y a tu abuelo Pedro: «En el tronco de un árbol una niña», «Dormir en paz debajo de la tierra». A veces hasta les tocaba la guitarra. Y luego ahí va de nuevo: chingas a tu madre, pinche bruja. Santa María, madre de Dios, ruega por nosotros los pecadores. Las volvía locas. Hasta que la endiablada salía de su jacal y volaba hasta el árbol más cercano convertida en lechuza.

Mamá nunca creyó estas historias. Las contaba porque eran parte de nuestra herencia y porque nosotros le rogábamos oírlas.

Al principio decía que no:

—Ni son tontos para andar en supersticiones ni son serios para aguantarse. Toda la noche van a estar con pesadillas y luego yo soy la que no duerme.

(Esto último lo decía sobre todo por mí, que de niño tuve temperamento de gallina.)

Al final lográbamos convencerla.

Poseía un talento extraordinario para la narración oral. Caminaba, para darle fluidez a su relato, alrededor de la mesa de la cocina preparando cualquier cosa: buñuelos, café con piloncillo, postre de tortilla de maíz con leche hervida. Se recogía el cabello (que había empezado a usar más corto: apenas abajo del hombro) y, mientras miraba hacia otro lado, nos pasaba una mano por la nuca para pillar nuestro susto.

—«Con este cordel te amarro a la tierra. Con este cordel te amarro a la tierra.» Juan lo repetía siete veces, que es número de magia blanca. Lo repetía y caminaba, haciendo nuditos al Santísimo Cordel, alrededor del árbol elegido por la bruja. La lechuza (porque han de saber que no hay lechuza buena: todas son transformistas o comparsas de un maldito) se retorcía en el árbol queriendo volar pero nada que podía: aunque esté en el árbol, los nudos del cordel bendito amarran sus alas a la tierra. Luego, ya bien confundida, mi tío Juan la lazaba y la envolvía con la sábana blanca. La llenaba de raspones haciendo sobre su cuerpo la señal de la cruz con el filo de la corcholata mientras repetía a grito abierto las mentadas de madre y oraciones. Y, por último, le quemaba las alas con el sebo hirviente de la vela roja.

(Me pregunto si en esa época semilegendaria existía ya la Sociedad Protectora de Animales.)

Mamá terminaba el relato de maneras distintas. En unas versiones, la bruja escapaba haciéndole al tío Juan una cicatriz «que hasta la fecha lleva en el rostro como prueba de esa batalla tan feroz». En otras, la lechuza quedaba reducida a cenizas: su cuerpo se consumía vibrando y emitiendo escandalosos insultos. Luego eran dos, tres las bestias malignas. O una muy guapa a la que el tío logró redimir de su maldad tras haberse encariñado de su larga cabellera.

—Y el tío Juan, ma, ¿dónde vive? ¿Por qué nunca nos visita?

Mamá bajaba un poquito la flama de sus guisos.

—El tío Juan toca la guitarra en las cantinas de Laredo. Y no necesitamos que nos vea. Nosotros ya no somos de ese mundo tan cochino.

—¿Qué sueñas, amor? —pregunta Mónica.

Es que me carcajeo dormido.

Digo sin despertar:

—Ya sé cómo se pone el crayón sobre las puertas.

Es un sueño feliz. Mónica lo sabe: yo no aprendí a dibujar nunca.

Al rato la imagen deriva; el muro en el que hago trazos pertenece a un sanatorio. Estoy en bata de hospitalizado, nalgas al descubierto. Las enfermeras me consienten, vienen a saludarme de una en una. Se nota que les parezco guapo. Me acuestan del lado de la sombra. Hay junto a mi colchón una ventana. Alguien dice:

—No la abra, joven, no la abra nunca. En ese árbol de enfrente vive un lechuzo vampiro.

Respondo que sí sonriendo. Están locas, les gusto, qué ignorante la gente de este puto país.

Al rato estoy preparando una jeringa. Inyectaré a mamá que tiene fiebre. Yo sé cómo. Soy su doctor. Mamá, en mi sueño, está postrada en una cama de hospital idéntica a la cama de hospital donde realmente duerme. Ya le dije que voy a curarla. Pido torundas, calibro la aguja. Un señor solícito, de pelo y bigote grises y con una bata azul, pregunta si puede ayudarme. Se parece a Humberto, el jefe de cuadrilla de enfermeros del turno vespertino en Medicina Hombres del Hache U. Le contesto que no. Le doy la espalda.

Y de pronto me acuerdo: chinchero, carajo, abrí la ventana. Es el hijo de puta lechuzo vampiro que vive en el árbol. Me vuelvo y lo veo ya en la cama, metido en mamá. *Metido*, no a–su–lado. Tampoco cogiéndosela. *Metido*: a medio cuerpo de ella, como si fueran mellizos o como si uno de los dos fuera muñeco de guiñol. Lo tomo de la mano. Lo jalo. Le digo: «Chingas a tu madre, pinche bruja». Pero el lechuzo vampiro no sale de entre las sábanas. Sonríe nada más. Sin maldad. Una sonrisa estúpida.

Yo sé que, para derrotarlo, tengo que rezar como hacía mi tío abuelo.

No puedo.

Puedo cantarle, atarlo, seducirlo, mentarle la madre, tallarle las mejillas con una corcholata. Rezar, no. No rezar es todo lo que tengo.

II

Hotel Mandala

La Jirafa de Lego

No soy más que una larva en pena.

Oscar Wilde

1

La siguiente vez que escribo *aquí* es un verano. Está amaneciendo. He vivido los diez últimos días en el octavo piso de un hotel de cinco estrellas: The Mandala, Potsdamerplatz, Berlín. Tecleo en una laptop que hace malabares sobre mi barriga inflamada y, a oscuras entre el lujo seudozen de un baño decorado con metal minimalista y florecitas anoréxicas, voy sudando pestes dulces de la cruda. Cerveza de trigo negra. A una cuadra escasa, treinta metros abajo, descansan cobijados en graffiti los melodramáticos escombros de mi generación: un muro cuyas capas multicolor parecen, más que reliquia posmoderna, los restos ensalivados de un jawbreaker que la historia no pudo masticar. Como yo, que no logro dormir. Me desconcierta el cielo del verano europeo, liso de blancura desde las cuatro de la madrugada. Por la ventana veo los holanes fluorescentes que enmarcan los desnudos cubículos del edificio de la DB, arquitectura cool que me hipnotiza bajo timbres de zozobra: todas las noches sueño, envuelto en herméticos vapores de mercurio, que mi madre es un cadáver tendido en la acera frente a un hospital de luz. Mónica duerme en la recámara, a unos pasos de mí. Su vientre, con seis meses de embarazo, desborda la blusa de la piyama. Solo espero a que ella despierte para hacer la maleta y regresar, sin empleo ni dinero, a casa.

Esta es la segunda ocasión que visito Alemania. La primera fue hace tres años. Mónica y yo llevábamos unos meses viviendo juntos cuando recibí la invitación a un festival de poesía. Había que parar en Múnich, Berlín y Bonn. Mi

primer impulso fue excusarme porque nunca hasta entonces había salido al extranjero y pensaba (quizá como una
ingenua venganza dirigida contra mi hermano mayor) pasar
el resto de la vida así. Mónica debió convencerme, primero, de tramitar el pasaporte; jamás había tenido uno. Luego
reservó un par de boletos, proyectó un plan de gastos, nego-
ció nuestro hospedaje y listo: emprendimos la luna de miel
hacia el frío.

Durante las semanas previas al viaje tuve un sueño recu-
rrente. Visitaba al fin Europa, mágica tierra que todos mis
amigos celebran con fruición agitando sagrados álbumes de
fotos frente a mi cara de miope. A diferencia del resto de la
gente, yo no lograba ver un carajo. Los edificios me parecían
demasiado altos y herméticos, las banquetas muy estrechas,
las calles enrevesadas. Era como pasear por un cementerio
de Führers, cada uno sepultado en su búnker predilecto. La
pesadilla me visitó casi cada noche a lo largo de los prepara-
tivos, las salas de espera, las aduanas, los enfadosos trasbordos... Una sensación repugnante que se agudizó cuando des-
embarcamos, a mitad del otoño heladísimo, en el aeropuerto
de Tegel, poco vistoso, desbordante de pasajeros, estrecho y
funcional como si lo hubiera construido el Infonavit... Más
que haber llegado a otro país, me pareció ingresar en una muy
conservada y limpia terminal de autobuses mexicanos de esas
que visité perpetuamente de la mano de Marisela Acosta en
los años setenta.

En la sala de llegadas nos recibió Anne, una chica ama-
bilísima y nerviosa que de antemano se disculpó por tras-
ladarnos en autobús y no en taxi. Los recursos financieros
del festival eran mínimos, explicó. Ofreció dos opciones
para hacer el recorrido: ir directo al hotel por la ruta más
corta hacia el este o realizar un desvío de media hora hasta las inmediaciones de Charlottenburg con un trasbordo al
U-Bahn, para así conocer brevemente el centro del antiguo
Berlín occidental y hacer parte del trayecto por Tiergarten.

No entendimos mucho: ignorancia y jet lag son un narcótico poderoso. Mónica optó por la segunda propuesta pensando no en nosotros sino en la excitación de nuestra anfitriona. Anne quiso ayudarnos con la maleta; parecía tan menudita y desamparada que no se lo permitimos. Subimos a un camión ultramoderno —sus ventanales panorámicos no dejaron de recordarme, sin embargo, a los troles chilangos que abordé en los ochenta— y nos lanzamos a rodar de noroeste a sur, trazando una línea perpendicular a la avenida 17 de Junio. Anne no paraba de explicarnos, en su español encantadoramente tieso, lo que transcurría al otro lado de los ventanales: «acá es un edificio famoso, creo, que no sé cómo se llama, pero lo están desconstruyendo pues los techos estuvieron fabricados con asbesto»; «aquí te encontraremos con la Universidad Tecnológica»; «ahora estamos para pasar a la distancia por una parte de monumento que es la Elsa de Oro...». Nuevamente espejismo: creí ver a lo lejos, desde un trole, el Ángel de la Independencia sobre avenida Reforma. Solo que en esta ocasión la escultura era de veras majestuosa, más dorada que nunca y enmarcada por un bosque, como si yo volviera a ser adolescente en un mundo paralelo y el regente capitalino hubiera mandado lavar las nubes y quitar el exceso de coches para celebrar que por fin México había quedado campeón en su propio mundial de fut...

Finalmente trasbordamos del autobús al metro y nos dirigimos zumbando a la estación Friederichstrasse. Desde ahí continuamos a pie hasta nuestro hotel, el Bax Pax, a una cuadra escasa de Oranienburgerstrasse.

De pronto, como si tragando gordo hubiera diluido en un sorbo toda la hiel de las alucinaciones, me sentí completamente relajado. El Mitte resultó no solo más habitable que Tegel o la zona del oeste, sino incluso un paraje íntimo. Había en el aire un ligero tufo a colonia Condesa con devenires de curry y Pakistán. Pero también, protegiéndose del clima en los quicios de algunas venerables puertas, hermosas prostitutas húngaras y rusas con largas botas de tacón y ceñidísimos corsés atados grácilmente no sobre la piel: sobre gruesas chamarras de pluma de ganso. El truco les permitía preservar e incluso exagerar lo deseable de sus siluetas sin sucumbir a los vientos de dos grados centígrados. Seguía percibiendo el espeso letargo de una arquitectura inhumana, como si el aroma mental del Famoso Muro envolviera cada ladrillo nuevo con su materia mitad chantaje y mitad velo de novia. Pero las callecitas apretadas de la antigua judería me resultaron súbitamente queridas. No sé: quizá los fantasmas de putero prenazi y mojigatería socialista guardan un aire de familia con mis propios fantasmas tutelares.

Mónica y yo hicimos nada durante todo el viaje. En Munich comimos aceitunas italianas y tomamos cientos de fotos a un conjunto de gárgolas miniatura especialmente diseñadas para consolar el aburrimiento de los turistas despistados. En Bonn visitamos el Rin: un poco anticlimático con sus renanos más o menos gordos haciendo jogging y gruñendo ante la lentitud de nuestro paso. De vez en cuando desayunábamos en compañía de poetas latinoamericanos que parecían satisfechísimos de su propia genialidad. O conversábamos con Timo y Rike, nuestros anfitriones. Hablábamos siempre en español, empleando una fórmula secreta de modismos y acentos que tan pronto emergía del mar paraguayo se despeñaba en un chorro de perorata tepiteña, una lengua fugazmente imperial arrastrándose por gloriosos albañales de sobrepoblación yonkera, himnos nacionales violentísimos entonados por países bravucones y chaparros que perdieron casi cada una de sus guerras; naciones y subnaciones y regurgitaciones cuyo único sueño bolivariano se llama Nike, se llama Brangelina, se llama por-el-amor-de-dios-que-alguien-le-arranque-cuatro-pelitos-de-la-nariz-a-Hugo-Chávez… Los mejores poetas eran, naturalmente, cubanos y chilenos. Pero a la hora de conversar no había manera: hubiera sido necesario que los enviaran con subtítulos.

Lo que Mónica y yo preferíamos (no estoy seguro de que lo gozáramos: más bien lo padecimos con una hondura desarticuladamente lírica) era recorrer las vacías calles del otoño berlinés. Insistíamos en extraviarnos entre edificios de departamentos de tres plantas cuyos patios centrales dedicados al comercio parecían el Odradek o el gólem de un mall junto a la playa. O nos refugiábamos del ventarrón vespertino en exquisitos cafés turcos a cuyas puertas un chico vendía hachís y ramitos de lavanda. O nos sumergíamos en los alrededores del Volkspark Friederischshain a través de calles que indefectiblemente desembocaban en pequeñas plazas abastecidas por una iglesia gris con ribetes verdes y dorados y una valla de contención alrededor de una obra pública y, más allá o más acá, una desventurada estatua ecuestre románticamente impecable en su abandono. Ninguna de estas imágenes resultaba halagadora o triste. Era más bien como ingresar de puntitas a un paisaje interior.

Hay un cuento de Bradbury que narra cómo dos indigentes se ganan la vida regenteando un mirador junto a la carretera: cobran dos dólares a los conductores que se detienen a ver una ciudad justo antes de llegar a ella. El éxito de los harapientos empresarios se debe a que, por un milagro de ardid extraño, cada viajero contempla desde ese terraplén la inusitada urbe que le dicta su deseo más ardiente: unos ven Nueva York; otros París; un joven estudiante describe lo que mira recitando de memoria el *Kubla Khan* de Coleridge... Si yo pagara dos dólares por subir a un terraplén, Berlín bajo cero sería mi bombardeada Xanadú.

Buscando resarcir nuestra impericia cultural, cada mañana procurábamos asistir a un museo. No lo logramos casi nunca: siempre había una tienda de chunches o un puesto callejero que nos desviaba de la misión. En Hackescher Markt, por Hackescherhöfe, subiendo a Rosenthalerplatz y más allá, Invalidenstrasse y Kastanienalle y el barrio de Prenzlauerberg, nuestra ruta era dictada no por el prestigio histórico sino por las omnipotentes chingaderitas: cuentas de plástico chinas, pin-ups vintage con inscripciones en sueco, un anillo de polímero con la forma estilizada de una pantera, una boutique de ajenjo, reliquias falsificadas de la RDA, cientos de tapices de finales del xix y principios del xx reproducidos sin copyright sobre papel para envolver regalos, encendedores y plumas y frasquitos de aceite y cidís de baladas italianas ochenteras y muñecos de latón con piezas móviles y collares de aluminio recubiertos de tintura en polvo y libretitas con el estampado de la torre de TV resaltando en tinta plata: basura armada en serie, idéntica en su espíritu a las ranas de plástico que se venden en los puestos ambulantes frente al zócalo de la ciudad de México. Que nos sirvan otra ronda de Taiwán.

Mas cuando, casualmente, nos desprendíamos de los tesoros de banqueta e ingresábamos a algún prestigioso recinto donde se preserva el patrimonio germánico (el Bode, el Pérgamo, el gabinete de Federico Guillermo III), la experiencia resultaba desoladoramente vulgar: largos frascos romanos para escanciar el vino, vasijas griegas con representaciones de vergas gigantescas, cabezas de mármol más o menos molidas a palos o cuchilladas, moneditas fenicias, muñequitos cretenses cuyo tamaño y orificios se antojaban perfectos para hacer un llavero… Quincallería que no por antigua resulta menos chacharera. La diferencia no radica en el objeto sino en el relato oculto tras él. Un pez de oro macizo y piedras preciosas incrustadas que un pescador sacó del fondo del Spree con una red de hilos: la pieza es tan suntuosa que comparte un aire de familia con la narcojoyería mexicana. El busto de una señora egipcia a la que no terminaron de sacarle la ceja. Un frontispicio helenístico que, luego de ser arrojado a la basura, se convirtió en un Lego de mármol al que le faltan piezas para siempre…

Cuando empezaba a anochecer, volvíamos al hotel y hacíamos el amor muertos de frío. Hablábamos un rato a oscuras mirando a través de la ventana la cúpula de la sinagoga de Orianenburgerstrasse iluminada por la niebla. Luego Mónica iba quedándose dormida. Yo la arropaba, me vestía, cogía el walkman y salía a buscar un trago por las calles heladas de Spandau. A veces me detenía a conversar en un inglés mutuamente incomprensible con travestis y prostitutas. A veces compraba una botella de absenta 68 Moulin Vert y, ocultándola en mi abrigo, subía a beber al S-Bahn. Sin compañía alguna, sin una estación predeterminada. Bebía hasta que la sombra de los tilos secos y la velocidad del alumbrado público se convertían en manchas: tinta negra y blanca desgarrando el grabado de Berlín como una taza de té derramándose sobre los planos de una ciudad sagrada.

2

De niño me llamaba Favio Julián Herbert Chávez. Ahora me dicen en el registro civil de Chilpancingo que siempre no. El acta nueva difiere de la original en una letra: dice «Flavio», no sé si por maldad de mis papás o por error de los nuevos o los viejos burócratas. Con ese nombre, «Flavio», tuve que renovar mi pasaporte y mi credencial de elector. Así que todos mis recuerdos infantiles vienen, fatalmente, con una errata. El nombre que uso para realizar las acciones más elementales (sostener una cuchara, leer esta línea) es distinto del nombre que uso para cruzar fronteras o elegir al presidente de mi país. Mi memoria es un letrero escrito a mano sobre cartón y apostado a las afueras de un aeropuerto equipado con Prodigy Móvil, Casa de Bolsa y tienda Sanborns: «Biembenidos a México».

Nací el 20 de enero de 1971 en la ciudad y puerto de Acapulco de Juárez, Guerrero. A los tres años conocí a mi primer muerto: un ahogado. También a mi primer guerrillero: Kito, el hermano menor de mi madrina Jesu: cumplía sentencia por el asalto a un banco. Pasé mi infancia viajando de ciudad en ciudad, de putero en putero, siguiendo las condiciones nómadas que le imponía a nuestra familia la profesión de mamá. Viajé desde el sur profundo, año con año, armado de una ardiente paciencia, hacia las espléndidas ciudades del norte.

Pensé que nunca saldría del país. Pensé que nunca saldría de pobre. He trabajado —lo digo sin ofensa, parafraseando a un ilustre estadista que es ejemplo de la sublime idiosincrasia nacional— haciendo cosas que *ni los negros* están dispuestos a hacer. Tuve siete mujeres —Aída, Sonia, Patricia, Ana Sol, Anabel, Lauréline y Mónica— y muy escasas amantes ocasionales. He tenido dos hijos: Jorge, que ahora tiene diecisiete, y Arturo, de quince. He sido adicto a la cocaína durante algunos de los lapsos más felices y atroces de mi vida. Una vez ayudé a recoger un cadáver de la carretera. Fumé cristal de un foco. Hice una gira triunfal de quince días como vocalista de una banda de rock. Fui a la universidad y estudié literatura. Perdí el concurso de aprovechamiento escolar cuyo premio era saludar de mano al presidente de la República. Soy zurdo. Ninguna de esas cosas me preparó para la noticia de que mi madre padece de leucemia. Ninguna de esas cosas hizo menos sórdidos los cuarenta días y noches que pasé en vela junto a su cama, Noé surcando un diluvio de química sanguínea, cuidándola y odiándola, viéndola enfebrecer hasta la asfixia, notando cómo se quedaba calva. Soy una bestia que viaja, hinchada de vértigo, de sur a norte. Mi tránsito ha sido un regreso desde las ruinas de la antigua civilización hacia la conquista de un Segundo Advenimiento de los Bárbaros: bon voyage; Mercado Libre; USA; la muerte de tu puta madre.

Un par de semanas antes de venir a Berlín, tuve que pasar horas frente a la Secretaría de Relaciones Exteriores. No lo hice por mí: Sonia, la madre de mi hijo Arturo, está mudándose a Texas. Arturo aún no decide si irse con ella o quedarse un año más en casa de sus abuelos para luego inscribirse en una High School gringa. De cualquier forma necesita renovar su pasaporte. No puede: es menor de edad, soy su padre y requiere mi autorización. Y yo no puedo dársela: según el registro civil mexicano, he dejado de existir. Mi nombre ya no es mi nombre. *J'est un autre* y, a diferencia de Rimbaud, poseo documentos que lo prueban.

Arturo, Sonia y yo nos habíamos citado muy temprano frente a la dependencia. Hicimos todos los trámites, lo que nos tomó hasta mediodía. Luego, cuando iban a ponernos el preciado sellito con el escudo nacional, la señorita reparó en la diminuta discrepancia mecanográfica entre mi pasaporte y el acta de nacimiento de mi hijo. Se puso muy seria.

—Pero véanos —quise bromear—, si somos igualitos.

La señorita no se dignó a responder. Dijo, mirando a mi ex esposa:

—Hay una irregularidad. Tengo que consultarlo con un superior.

Torciendo la boca, Sonia me ordenó (como si yo también fuera su hijo, una extraña idea fija que tiene desde el día en que nos casamos) que saliera a la calle junto con Arturo y le permitiera a ella manejar la situación.

Ya instalados en una banca frente a la Secretaría, Arturo retomó el hilo de nuestra charla:

—Entonces mandó una carta diciendo que había matado a otra mujer, una que nadie había pensado que también era su crimen. Pero ya habían pasado muchos años. Así fue como supieron que en realidad no estaba muerto, y si no fuera por el ADN y por un archivo de computadora y por un video de vigilancia de un Home Depot, nunca lo hubieran capturado.

Era la historia de BTK. Últimamente, Arturo me cuenta a detalle las vidas de asesinos famosos cada vez que nos vemos. Un niño argentino y orejón que cometió cinco o seis homicidios antes de llegar a la pubertad. Un gurú despechado que arrojó gas venenoso en el metro de Japón. El famoso Goyo Cárdenas, homenajeado por el Congreso... Hace poco descubrió una página web especializada en el tema. Desde entonces ha aprendido tanto que a veces me sorprende con términos forenses que yo solo había escuchado en las series de TV. Confieso que se trata de un interés compartido: la violencia gratuita y extrema, impune y cruel, perversamente poética, es uno de mis temas recurrentes. Yo también leí en la adolescencia de manera compulsiva historias y leyendas de asesinos seriales. Sé por experiencia que, bajo la pátina de morbo que tamiza los relatos, hay un test constante para la empatía y los límites morales de la imaginación, una mirada compasiva. A uno le mueve el relato de una aventura lógica (la planeación del crimen, las inferencias psicoanalíticas y los elementos forenses que permiten resolverlo) al mismo tiempo que le repugnan y seducen alternativamente los detalles concretos de la ejecución, vacíos de significado más allá de su cariz pornográfico. Conozco esa intuición ambigua. Me aterra la posibilidad de haber legado a mi hijo una afición perturbadora. Tengo, en un extremo de la conciencia, el cansancio de haber lidiado durante los últimos treinta años con la veta sociópata que me imprimió la infancia.

Una de las razones por las que no he sido un buen padre es el convenenciero puritanismo con que percibo los lazos que me unen a mis hijos. Hace tiempo, cuando Jorge iba aún a la primaria, Aída me telefoneó alarmada:

—El niño tuvo un arranque en la escuela. Zarandeó a un compañerito hasta golpearle la cabeza contra el muro.

Durante todo el trayecto repetí que era mi culpa. Algo muy malo le había hecho yo a mi bebé. Recordé que lo arrullaba tarareando el *Va pensiero* remixeado en un murmullo con «The rivers of Babylon». Siempre gocé la semejanza que compartían en su argumento y su tonada. Ahora, en cambio, me parecían canciones de cuna dignas de un monstruo; el salmo bíblico en que ambas se basan concluye con este versículo: «Dichoso el que tomare y estrellare tus niños contra la peña…».

Al final resultó que se trataba de algo más vulgar y obvio: a Jorge lo molestaban otros chicos por no vivir con su papá. Lo motejaron de huérfano. Él estalló, por una vez, con violencia.

Hasta antes de conocer a Mónica, percibí la reproducción como una megalómana teodicea. Haber nacido me parecía un acto de pura maldad personal que solo podía repararse engendrando otra existencia. Se trata de una idea que adquirí de mi madre, para quien su propia vida estaba condenada y maldita (así lo decretó mi abuela) salvo por el hecho de habernos parido a mis hermanos y a mí. Siguiendo esa elucubración criminal, comencé a desear ser padre a los diecisiete años. Era un deseo más o menos desenfocado. Empezaba con un imposible sentido de la responsabilidad: producción enfermiza, trabajo a deshoras. Mientras cursaba el último semestre de la prepa, aproveché mis noches y madrugadas para monitorizar y diagnosticar información radiofónica a cuenta del PRI y el gobierno, una tarea infamante por la que cobraba un sueldo justo. Poco después, al graduarme de bachillerato, me inscribí a dos carreras universitarias y acepté prematuramente dar clases de redacción en una escuela secundaria privada de registro irregular que regalaba a sus ilegales maestros con sueldos inferiores a los que cobra un albañil. Decidí convertirme en un paterfamilias: durante cerca de dos años le prohibí a mi madre acudir a los prostíbulos; el dinero lo ganaría yo. Organicé las responsabilidades del hogar adjudicándolas equitativamente tanto a ella como a mis dos hermanos. El resultado fue que antes de cumplir veinte años me había tomado varias veces a golpes con Saíd, y mamá y mi hermana estaban desnutridas.

Además de poner en práctica estas bizarras claves para el éxito social, decidí enamorarme exclusivamente de mujeres mayores, solteras y dispuestas a tener sexo sin protección. La amante que mejor se ajustaba a tales exigencias era Aída Guadalupe, una actriz amateur cinco años más vieja que yo. Le propuse que viviéramos juntos. Mamá enfureció:

—Si te vas a ir con esa pinche lagartona, bueno: vete. Pero te vas a joder la vida. Y me estás abandonando, yo que he tragado mierda para traerte hasta aquí. Si ya lo decidiste, ándale. Pero tú ya no eres mi hijo, cabrón. Tú para mí no eres más que un perro rabioso.

Conquisté la paternidad a los veintiuno. Luego, a los veintidós, me separé de mi mujer.

La historia pudo acabar ahí: un chico salvado de la iniquidad de los puteros en que transcurrió su infancia por un rechoncho bebito. Pero entonces me encontré con Sonia.

Diecinueve años. Secretaria. Cursaba de noche la preparatoria. Alguna vez tuvo un novio al que nunca conocí y quien, a decir de ella, era idéntico a Luis Miguel. Telenovelescamente, el novio la abandonó tras *arrebatarle la virginidad*. Sonia comenzó a venir a mi cuarto de asistencia de manera cotidiana poco después del mediodía. Nuestras reuniones consistían en fornicar largamente mientras hablábamos de su novio. Tuvimos un año luminoso.

Antes de conocerla, yo había dormido con cinco o seis mujeres distintas. El sexo me parecía una transacción: algo que no se diferenciaba demasiado de la prostitución o la paternidad. Con ella, en cambio, descubrí la hondura cívica del erotismo, eso a lo que mamá se refería sin saberlo cuando una tarde, caminando junto al larguísimo muro de ladrillo de La Huerta, dijo:

—Aquí tocaban Lobo y Melón.

Lo hacíamos flexiblemente pero sin grandes piruetas. No es que fuéramos espléndidos amantes: solo tardamos mucho en salir de la adolescencia y hasta ahora nos graduábamos en el deporte de la lentitud. Había una sutileza terapéutica en esos primeros orgasmos esclarecedores, la bocanada límpida de la salud imponiendo su aroma sin retórica sobre mi arrogante solemnidad arrabalera y la vaharada de mojigatería católica que mi amante excretaba cada vez que, irguiendo y girando un poco su cuello sobre la espalda, susurraba:

—No pienses mal de mí.

Un día de diciembre del 93, vino más tarde de lo acostumbrado. Traía consigo la prueba: estaba embarazada. No sé ni qué le dije. Recuerdo, sí, que, apenas se marchó, me encerré en el baño comunitario de la casa de asistencia. Estuve horas frente al espejo, haciendo muecas y tratando de contar los poros de mi cara. Escuchaba los golpes afuera como si provinieran de un espectro al que yo no tenía acceso. Al rato alguien pateó la puerta, me propinó algunos puñetazos y me llevó a mi cuarto a rastras.

Así, a los veintitrés años (o así lo siento hoy: el entonces está hecho de poleas quebradizas) me encontré sexualmente arrobado, colectando un sueldo miserable y convertido en padre de dos hijos. Noté con tristeza que había fracasado en mi intento de huir de casa; resulté un espécimen digno del diario de un estudiante de sociología que evalúa a los jóvenes descendientes de prostitutas.

—No sé por qué siempre haces eso —dijo Arturo.

—¿Qué cosa?

—Te quedas pensando.

A sus quince años tiene ya mi estatura. Es muy delgado y guapo y, más allá de su desliz con los asesinos seriales, posee lo que en su familia llaman «un buen corazón». Hace mucho, el día que cumplió ocho años, me invitó a su fiesta. Fue una celebración un poco triste: su madre había organizado la reunión en un balneario pero Arturo se cayó de la bicicleta un par de días antes y se fracturó el brazo. No pudo acompañar a sus amigos entre las aguas de la piscina. Pasamos buena parte de la tarde conversando. Quería saber qué era algo sobre lo que insistentemente sermoneaba su sacerdote: el libre albedrío. Traté de explicárselo honestamente con la convicción de que, si salíamos de esa, hablar de sexo en el futuro iba a ser pan comido. No recuerdo en qué paró la charla. Solo tengo presente la imagen de Arturo diciéndome adiós desde el otro lado de una malla ciclónica, agitando con dificultad la férula de su fractura. Ese es el más intenso vínculo que me une a mis hijos: un enyesado gesto de adiós.

Sonia salió de las oficinas.

Dijo:

—El señor de los pasaportes quiere hablar contigo.

—Vamos —se apuntó Arturo.

—No —replicó ella—, tú quédate aquí.

Pero ya ambos nos dirigíamos al edificio.

El señor de los pasaportes me explicó que mi documento resultaba inválido.

—Lo hubiera usted traído el mes pasado y no hubiera habido problema. Pero nos acaban de cambiar al delegado, y usted sabe que cada funcionario debe tener su propia política institucional.

Bajó la voz.

—Lo que yo le sugiero es que pida una licencia de conductor con su nombre de antes en el departamento de tránsito. No creo que le soliciten más de quinientos pesos de propina.

Arturo estaba junto a mí, acodado en el mostrador. Dije:

—En primera, yo no sé manejar. Y en segunda, eso es corrupción.

—No, no, caballero, no malinterprete: yo no le estoy pidiendo nada.

—Es corrupción. Y me lo enjareta delante del niño.

Sin agregar palabra, el funcionario dio media vuelta y desapareció tras una puerta.

Me topé con la mirada rencorosa de mi hijo.

—Siempre haces lo mismo.

—No hace falta pedir dinero para ser corrupto.

Él me dio la espalda y dijo entre dientes:

—Tampoco hace falta ser un genio para sacar una pinche licencia de manejo.

3

Mónica despierta a las ocho de la mañana.

[Debí poner: *despertó*. En realidad escribo desde un avión sobre el Atlántico, aprisa, intentando que la batería de mi laptop dure lo suficiente para llegar al final de esta larga digresión. Mónica no permite que me concentre: quiere que mire por la ventanilla, allá abajo, algo que tal vez sea Groenlandia o un trozo cualquiera de roca negra abandonada entre la nieve. Pero eso ya pasó: ahora Mónica luce molesta y avergonzada porque le he pedido que no me interrumpa. Y tampoco: ahora la miro de reojo y me sonríe con ese mohín de disponibilidad absoluta y su arrobadora hermosura de princesa ilegítima de la casa de Borbón que me hace querer desnudarla sin importar que cargue tremenda barriga de embarazo y los diminutos asientos del avión parezcan sillitas de plástico de una guardería. Y tampoco: ahora…

Cada vez que uno redacta en presente —así sea para contar su cretinismo aeroportuario, su sobredosis de carbohidratos en el menú de British Airways— está generando una ficción, una voluntaria suspensión de la incredulidad gramatical. Por eso este libro (si es que esto llega a ser un libro, si es que mi madre sobrevive o muere en algún pliegue sintáctico que restaure el sentido de mis divagaciones) se encontrará eventualmente en las librerías archivado de canto en el más empolvado estante de «novela». Siempre narro en presente en busca de velocidad. Esta vez lo hago en busca de consuelo mientras percibo el movimiento del avión como un abismo puesto en pausa.]

Mónica despierta a las ocho de la mañana. En un ratito nos duchamos, hacemos la maleta y cerramos la cuenta en el mostrador del Mandala. Son apenas las once. Nuestro avión sale a las cuatro. Vendrán a recogernos a las dos. Decidimos gastar los pocos euros y el par de horas que nos quedan recorriendo rápidamente en taxi —obvio, somos turistas— nuestro tramo favorito de Berlín: Unter den Linden calle arriba, desde la puerta de Brandemburgo hasta la Alexanderplatz. Queremos sentir de nuevo el agarroso, destilado aroma de los tilos que da a la ciudad un peculiar instinto de verano lento, denso, blancuzco... El paseo resulta infructuoso. Un taxista intenta aclararnos en su inglés gutural e impaciente que la ruta más práctica para ir a donde queremos es por calles aledañas que semejan la espalda acorazada de un insecto intergaláctico: largos muros celestes sin ventanas, pavimento en reparación con anuncios rojiblancos y mallas protectoras, la puerta trasera de la ópera bufa resguardada por oscuros rectángulos de cristal... Para acabarla, la radio del taxi trasmite una canción de Bob Marley: «Buffalo Soldier». La idílica nostalgia que pretendemos inocular a nuestra despedida de Berlín queda manchada para siempre con el humo de la mariguana que fumamos a los diecisiete. Enojados y riéndonos, bajamos del taxi y pagamos con monedas e insultos (en español; sin duda el taxista los está devolviendo en su lengua natal). Nos quedamos ahí, sin saber adónde ir, en cualquier banqueta, embarazadísimos, confinados a la imperfección de la memoria, la inarticulada elocuencia de las capas sensitivas que conforman cada evocación y que solo pueden atisbarse cuando uno se calla, cierra los ojos y flota en el río de la contrariedad... La manera más rica de sentir el pasado (íntimo o histórico, da igual) es abandonarse a la percepción física del tiempo: un instante que está siempre en el futuro. Por eso la culpa y la nostalgia son emociones miserables.

Una vez, durante la hospitalización de mamá, pasé setenta y dos horas seguidas a su lado. Lo primero que hice al volver a casa fue darme una larguísima ducha. Mónica me dejó hacer sin dirigirme la palabra. Luego nos acostamos y apagamos la luz. Mónica estaba seria, despierta, dándome la espalda. Había entre nosotros una tensión cuya identidad no me resultaba clara en ese momento pero que ahora puedo describir como un gran amor al que le han arrancado el picaporte. Le pregunté estúpidamente:

—¿No puedes dormir?

Se volvió y dijo:

—Quiero tener un bebé. Ahorita.

Mónica y yo nos conocimos hace cuatro años. Nos metimos a la cama durante horas sin apenas intercambiar nuestros nombres y mucho antes de haber tenido una conversación coherente. El sexo entre los dos fue una intuición de luminosidad. El sexo —el más perfecto y simple al que se puede aspirar, como beber agua pura sin pagar la botella de pet— nos reveló que habría entre nosotros un lazo visceral más sólido que cualquier otro compromiso que tuviéramos con el mundo. Un vínculo tan hondo que, en mis pesadillas, se parece al incesto.

A la semana, decidimos vivir juntos. En un par de meses ella renunció a su trabajo en una televisora, desmontó su casa en la capital, pidió el divorcio y se mudó a mi ciudad. Yo dejé mi departamento de soltero, me puse sobrio y conseguí un trabajo de oficina. Después compramos una casa: un gesto pequeñoburgués que durante años me causó repugnancia pero que, visto a través de la pasión por Mónica, me resultaba lo más natural.

Hasta antes de la noche en que decidimos ser padres, nuestra unión se basaba en dos reconciliaciones: ella dejó de tener tristeza de su cuerpo y yo renuncié a la autodestrucción. No sé lo de ella; lo mío era cuestión de sobrevivir. Un año antes de conocerla había intentado, con más rabia y alharaca que voluntad, suicidarme. Recibí cien mil pesos como premio por un libro. Compré varias botellas de bourbon y tres onzas de cocaína y, durante un par de semanas, me encerré a piedra y lodo. Quería aspirar hasta desfallecer. Mi plan se basaba en una mezcla de frivolidad y derrota —me pregunto si estas palabras no serán sinónimas— porque tras diez minutos de fama logré atisbar el límite de mi escritura. No era, por supuesto, un área reflejante. Era este párrafo: experiencias incomunicables no por extáticas sino por cancerígenas.

No sé cuánto tiempo hubiéramos podido seguir así, impermeables al vacío. Supongo que algunos años más. Pero cuando la leucemia empezó a comerse el organismo de mamá contaminó también, de manera superficial y pestilente, el organismo invisible dentro del que mi mujer y yo flotábamos. Si te dedicas a cuidar a un enfermo, te arriesgas a vivir en el interior de un cadáver.

Entonces Mónica dijo lo del bebé.

Mi primera reacción fue de pánico. Bastante minado se sentía mi ego ante la expectativa de pasar quién sabe cuánto tiempo a dieta magra de placeres en aras de proteger los restos de una vieja puta moribunda. Ahora se me proponía internarme otra vez en la lluviosa carretera de la paternidad. El tema del embarazo: un stand-by al sexo rudo, incomodidades nocturnas, nuevas aventuras hospitalarias. La fase posnatal: *el bebé*, esa subespecie tirana y linda, un sagrado tiburón de la mente que en el trayecto hacia la educación y la lucidez bien podía devorárselo a uno. Pero, sobre todo, el luto con el que vivo desde los veinticuatro años: la certeza de haber fracasado como padre en dos ocasiones. Seguridad de ser, para alguien que amo y está vivo, nada más que una larva en pena.

Mucho antes de concluir el repaso mental de los contras, tomé mi decisión:

—Sí —dije.

No fue por complacerla. Descubrí que la reproducción era la única fuerza de voluntad que conservaba mi organismo. Quería saldar cuentas con la diosa madre de la biología pegándole un tiro de revólver, eyaculándole en la cara. Después de todo, uno es apenas un bicho que acaba de emerger de las cavernas, y el horror a la muerte solo puede paliarse con abluciones estadísticas. Fue así que, mientras mamá yacía en la habitación 101 del Hospital Universitario de Saltillo, Mónica y yo pactamos sustituir su existencia arrancándole un par de verrugas al drenaje. Un par de verrugas viscosas a las que elegimos bautizar como Leonardo, nombre que nos sonó a bestia regia, museo francés e ingeniería arrojadiza.

Al tercer mes de embarazo recibimos un e-mail enviado desde Alemania. Nos invitaban nuevamente para una lectura.

Arribamos a Berlín un jueves por la tarde en compañía de una majestuosa panza que destanteó a azafatas y aduanales de cuatro países. Llevábamos veinticuatro horas en vela por causa de los trasbordos. Asistimos brevemente a un coctel de bienvenida. Para las 7.00 pm, ya estábamos durmiendo en el Hotel Mandala. *Dormir en un mandala.* La luz del amanecer nos despertó a las cuatro en punto: madrugada todavía. Nos asomamos al balcón. La calle estaba sola. Frente a nosotros —lo vimos entonces por primera vez—, el techo del Sony Center: una suerte de laberinto aéreo o papalote gigante amortajado. Los banners y letras rojas de la cineteca. Y más abajo, oculto en un recoveco, el rostro de Albert Einstein en piezas blancas y grises mirándonos desde el aparador de una tienda de Lego.

[Quizá fue en ese momento, o un poco después, mientras Mónica se ponía un suéter sobre la piyama y descendíamos aprisa en ascensor para ver de cerca la jirafa y el rostro de Einstein, que se me ocurrieron el tema y la estructura de esta sección: la paternidad como extranjería redentora; el legado como un Lego al que siempre le faltan piezas.]

—¿Vamos? —preguntó Mo.

Se puso un suéter encima de la piyama y descendimos en ascensor hasta la calle. Cruzamos la avenida aún sin autos y avanzamos directamente hasta los ojos de plástico negro de Albert. Tras el cristal del aparador, bajo la vigilancia de los más venerables bigotes de la física, yacían juguetes a medio armar: cochecitos bomba grises junto a grúas amarillas, aviones azules, zoológicos verdes, personajes de un bizarro Star Wars, Power Miners, Duplos y, en un sitio de honor sobre una repisa casi a la altura del ojo izquierdo de Albert, el robot NXT ensamblado en su clásica vertiente humanoide. Apenas una semana antes, Mónica y yo le habíamos comprado a Leonardo su primer libro: un manual de introducción a la robótica que ostentaba en la portada una fotografía de ese juguete.

Afuera, sobre la banqueta, los diseñadores de la tienda habían construido una escultura Lego, casi una ironía de la estatua ecuestre de Federico el Grande que hay sobre Unter den Linden: una jirafa de más de cinco metros de altura armada pacientemente con cubitos amarillos y cafés. Se trata de una jirafa popular porque, me enteré luego, varias veces los turistas le han robado la verga y una cuadrilla de operarios ha tenido que reconstruírsela.

—Ponte debajo —dijo Mónica—. Esta va a ser tu primera foto del viaje.

—Julián Herbert muere aplastado por la jirafa del ego.

Los primeros días de verano se van como si nada. Sobre todo si viajas con un feto de casi dos kilos en la barriga.

Ahora estamos de pie en una banqueta cualquiera, más o menos cerca de Potsdamerplatz, mentándole la madre al taxista que nos condujo mal y repitiendo mentalmente «and he was taken from Africa, brought to America». Nuestro vuelo saldrá pronto, ya no hay tiempo de recorrer Unter den Linden en carruaje como hiciera la nobleza. Confundidos, sin saber a quién pedirle un norte, caminamos hacia donde yo creo que se encuentra el hotel y Mónica calcula que veremos la Puerta de Brandemburgo.

Ninguno de los dos acierta: emergemos a la entrada de Tiergarten a través de una pequeña explanada cubierta por túmulos grises. Alguien me habló hace años de este sitio. Una plaza que semeja tumbas de hormigón para conmemorar a los millones de judíos afrentados por la locura de Hitler. Ni siquiera se me había ocurrido buscarlo en un mapa. Y estaba aquí, a tres cuadras escasas de mi hotel. Un mandala de irregulares rectángulos. Mi primera impresión mientras nos internamos en el laberinto simbólico es solemne. Siento que por aquí deambula no la muerte sino algo moribundo: la espiritualidad (but I don't fuckin' care). Encima de esa emoción crece otra más precisa. Recuerdo que alguien —quizá Timo Berger— me contó en mi primera visita a Berlín que el monumento era un descaro: se había construido con un tipo especial de concreto muelle fabricado por una empresa alemana cuyo capital se había fraguado despojando precisamente a los judíos de la época del Tercer Reich. Luego otra capa de percepción, más ligera y aguda: caminar de la mano con mi mujer embarazada por un laberinto que refiere un camposanto. Nosotros tres —*siempre tres*— somos ahora una metáfora del Misterio, un conjunto de piezas de Lego alrededor de un vientre, esférico sarcófago que expulsa hacia la vida mientras la altura de los bloques de concreto sube como una marea y ya me llega al hombro, ahora sobrepasa mi cabeza, es como un océano de bloques habitacionales perfeccionado por la muy puta Muerte que últimamente me ronda a todas horas, un Lego existencial cuyo significado histórico es sobrepasado por el horror desnudo de la forma. Berlín no es un muro, Berlín es un camposanto de interés social al que le han drenado su mejor arte sacro: los cadáveres.

Pero debajo de todo, más abajo de la última alucinación urbana, mientras la altura de los bloques amaina y poco a poco vemos al otro lado de la marejada gris el verdor de Tiergarten, me viene a la cabeza una revelación: este fue el primer sueño que tuve de Europa. La primera vez, antes de pisar el aeropuerto de Tegel: caminar sin paisaje en medio de un cementerio de führers, cada uno sepultado en su búnker predilecto.

—¿Quieres una foto? —pregunta Mónica.

No respondo.

Así que nos hacemos una última foto de turistas entre rectángulos de piedra oscura. Más allá del paisaje. Más allá del presente. Unos metros antes de internarnos en el Bosque de los Animales.

Fiebre (1)

De chiquito fui aviador pero ahora soy un enfermero.

CHARLY GARCÍA

El Hospital Universitario de Saltillo (antes Hospital Civil) fue inaugurado en 1951. Su diseño data de 1943. Fue realizado por Mario Pani, arquitecto y urbanista mexicano famoso por su afición a las ideas de Le Corbusier y por haber proyectado también el multifamiliar Juárez y un edificio de departamentos en Nonoalco Tlatelolco: ambas obras emblemáticas de la destrucción que ocasionó el terremoto de 1985.

La historia del Hache U se halla (como luego dicen los viejecitos de mi pueblo mientras agitan frente a tu cara su artrítico dedo índice) «inextricablemente entramada con la historia de México». No por su grandeza arquitectónica ni mucho menos por su papel en el ámbito de la medicina, sino porque su inopinado origen es un buen ejemplo del gran talento de los mexicanos para hacer el ridículo.

Todo empezó con los nazis.

Se sabe que los nazis conspiraron durante años a lo largo y ancho de nuestra Suave Patria. Seduciendo, intrigando, anhelando fincar bases militares que les eran estratégicas dada nuestra vecindad con Estados Unidos. Se sabe también que los nazis necesitaban nuestro petróleo («nuestro», qué palabra tan manierista ahora que todo se está yendo por el tubo, ahora que el verdadero oro no viene del subsuelo sino de la selva colombiana y los dientes de Kalashnikov cacarean toda la tarde contra el muro mientras Felipe Calderón se babea la corbata). Pero la cosa no para ahí: se sabe también que Hilde Kruger (ex actriz y ex amante de Goebbels y agente de la Abwehr) le dio las nalgas primero a Ramón Beteta y después al futuro presidente Miguel Alemán, ambos funcionarios del gobierno de Manuel Ávila Camacho. Se dice que Hilde lo hizo exclusivamente con el fin de promover y enquistar en nuestra ideología la causa hitleriana. No lo dudo. Tampoco me parece el triunfo extraordinario de unas nalgas: adoctrinar con argumentos fascistas a los políticos mexicanos que están en el poder es predicarle al coro. Por otro lado, no está de más mencionar la fortuna que el nacionalsocialismo generó entre los empresarios de este país. En Saltillo, nada menos, una de las colonias populares de la actualidad se llama Guayulera. Debe su nombre a una antigua fábrica de hule cuyos propietarios se enriquecieron equipando de llantas al ejército alemán.

Al principio de la Segunda Guerra Mundial, el régimen de Ávila Camacho se mantuvo —más por pereza y actitud pelele que por ideología— neutral, aunque con evidentes simpatías para con los Aliados. Luego, a lo largo del verano del 42 (mientras mi abuela Juana descubría con horror que estaba embarazada de mi madre), submarinos germanos hundieron en las aguas del Golfo seis barcos petroleros mexicanos que abastecían a otros tantos buques de la U. S. Army. En tonante represalia, el gobierno de México declaró la guerra a las potencias del Eje. La secretaría responsable del área se sacó de la manga su arma de más alto calibre: el Escuadrón 201, también conocido como las Águilas Aztecas.

La aventura del Escuadrón 201 se parece a una novela de Jorge Ibargüengoitia.

Tras la declaratoria de hostilidades, el gobierno mexicano tardó tres años (1942-1945) en tener listo a un ejército impactante: 299 hombres. De los cuales nada más 36 podrían considerarse, estrictamente, arma bélica: pilotos de guerra. La demora se debió a dos hechos simples: los soldados mexicanos carecían de adiestramiento y nuestra burocracia ha sido lenta desde niña. Antes de enviar a su escuadrón, Ávila Camacho debió firmar pilas de decretos que incluían la creación de una Fuerza Aérea, varios cambios de nombre oficiales, solicitudes de permiso al senado, etcétera. Finalmente, el grupo pudo entrar en acción el 7 de junio de 1945. Y parece que no lo hizo mal. Lástima que su misión concluyera el 26 de agosto de ese mismo año, poco antes de la rendición japonesa. Los mexicanos deberíamos tomar este cronograma histórico como inequívoca tabla de cálculo del rendimiento nacional: cada tres años de burocracia equivalen a dos meses y medio de política concreta.

El Escuadrón 201 recibió su adiestramiento en Estados Unidos. Los aviadores mexicanos no fueron entrenados por otros combatientes sino por las WASP: Mujeres Piloto al Servicio de la Fuerza Aérea; un grupo de avanzada laboral e ideológica de gran profesionalismo pero sin experiencia en combate, y que por supuesto era mal visto por los machos tipo Greg «Pappy» Boyington que controlaban al ejército norteamericano (de hecho las WASP desaparecieron en el 44, y no fue sino hasta 1970 que conquistaron el estatus de Veteranas de la Segunda Guerra Mundial). Esto habla con elocuencia de lo que los aviadores del país vecino pensaban de nuestros pilotos. No puedo asegurar que estuvieran equivocados; en todo caso, ¿por qué mejor no permitir que las WASP combatieran…?

De los 36 pilotos mexicanos originales, dos murieron en las primeras maniobras de entrenamiento y seis más fueron dados de baja tras un examen médico (Marcelo Yarza afirma, sin ofrecer fuentes ni pruebas, que no pasaron el antidoping). Luego de un par de adiciones, el 201 quedó conformado de manera definitiva por treinta elementos que partieron al frente de guerra en Filipinas… Sin aviones. Los P-47 Thunderbolt propiedad de México que debían pilotear las Águilas Aztecas no llegarían nunca a la zona de combate. Nuestros compatriotas tuvieron que —otra vez— pedir prestado. Adivinen a quién. El ejército norteamericano facilitó dieciocho cazas e incluso toleró que la bandera mexicana ondeara junto a las insignias del Tío Sam. Pero doce de los pilotos con que contó el 201 permanecieron en tierra. Lo que los convertía en aviadores por partida doble.

El numerito íntegro le costó a nuestro país siete muertos y tres millones de dólares. De estos últimos, al menos la mitad hubiera sido más prudentemente administrada si alguien la hubiera arrojado como volantes desde un avión sobre la sierra de Oaxaca.

Pero me desvío: ¿qué tiene que ver el Escuadrón 201 con mi madre, la leucemia, las bombas de infusión, la inauguración —en 1951, con un diseño de Mario Pani— del Hospital Civil, hoy Hospital Universitario de Saltillo…?

Poco después de que el presidente de la República informara a la ciudadanía que se encontraba en guerra con Alemania, Italia y Japón, un grupo de empresarios saltillenses se reunió a conversar al respecto (supongo, por el resultado, que la charla transcurrió en una cantina).

Escasamente interesados en lo que pasaba dentro de su comunidad pero consternados por el destino del mundo, los inversionistas decidieron que era su deber cívico apoyar al mandatario en esta épica aventura. Reunieron entre todos un millón de pesos y lo enviaron a Manuel Ávila Camacho con una nota que indicaba que tal cifra debía abonarse al gasto militar. Ávila Camacho —quien de seguro estaba atareadísimo y de malas, con la mano adormecida de tanto firmar decretos para el aire— los desairó: les devolvió el regalo sugiriendo que mejor aplicaran ese recurso en una obra que beneficiara a la ciudad donde vivían. La historia no registra, por desgracia, el berrinche de los bélicos empresarios saltillenses. De lo que sí queda constancia es del destino que tuvo aquel millón de pesos: sirvió para iniciar las obras del actual Hache U.

Una de cal.

No sé si Mario Pani supo de los delirios aeronáuticos que originaron su proyecto. Lo cierto es que, visto desde las alturas, el edificio que diseñó para mi ciudad tiene la forma de un avión que padece enfermedades degenerativas: la nariz chata, las alas cortas y delgadas, un fuselaje esbelto y una muy rotunda cola. Incluso, desde la perspectiva de un transeúnte, el vestíbulo se asemeja al platillo volador de un marciano leninista. Aún más: desde el interior, la disposición de las áreas bien podría compararse con la de *Galáctica, Astronave de Combate*.

Su frente da al norte. Al este y al oeste del lobby (es decir del platillo volador) se extienden sendas galerías de dos plantas: alas. La del poniente alberga el área de oncología y radioterapia. La oriental es ocupada por la sala de urgencias. Los pisos superiores contienen oficinas. El cuerpo mayor del edificio, conformado por tres plantas y un sótano, se localiza en la parte sur (visto desde el aire, diríamos que en la cola del avión). Para llegar ahí desde el platillo volador es necesario subir unos diez escalones y atravesar un largo y flaco pasillo muy parecido a los que conectan, en las películas de ciencia ficción, el puente de mando con la cubierta principal. Dicho pasillo —uno de cuyos muros está cubierto por un minimuseo que ilustra el desarrollo tecnológico de la medicina a través de una bella colección de instrumentos quirúrgicos— desemboca en un segundo recibidor con ascensores y una salita de espera equipada con televisor y unos horrendos sillones azules. Los tres pisos de la parte sur contienen casi todo el espectro nosocomial: desde maternidad hasta terapia intensiva. Incluso la morgue, ubicada por supuesto en el sótano. A ambos lados del edificio se construyeron sendos patios. El del este fue devorado casi enteramente por un estacionamiento. El del oeste conserva aún su anticuado diseño de jardineras arboladas cubiertas por mosaico de colores melón y granate, y se halla en tal estado de abandono que resulta excelente para sentarse a fumar y leer en noches no demasiado frías.

Medicina Hombres se ubica en la primera planta de la cubierta oeste de lo que he llamado «la cola»: la parte sur del edificio.

Ahí, en un rincón de la astronave, mamá pelea hoy el segundo round de su guerra privada contra la leucemia.

Con pírricos triunfos.

En diciembre la dieron de alta. Celebramos con una gran taquiza para el día de su cumpleaños. Después, a finales de febrero, le emocionó muchísimo saber que Mónica estaba embarazada. Casi obligó a Diana a obsequiarnos algunas mantas y la cuna que había pertenecido a mis sobrinas.

Luego, a mediados de junio, mientras Mónica y yo estábamos en Berlín, mamá volvió al hospital: la leucemia la había derribado de nuevo, como estaba previsto. A petición expresa, los médicos accedieron a adjudicarle su antigua habitación.

La historia se repitió: desvelos junto a su cama y semanas de veneno. Tras la última quimio de esta segunda vuelta, el organismo de la señora «Charles» entró otra vez en recuperación. Sus índices sanguíneos llevaron a Valencia a insinuar que podrían darla de alta en pocos días. Este optimismo duró solo unas horas: por la noche la fiebre le subió a cuarenta. Tuvimos que retacarla de paracetamol y poner bolsas de hielo bajo sus piernas y su nuca. A la mañana siguiente recurrimos a la hematóloga. Luego de una revisión exhaustiva, me sacó de la habitación para explicar:

—Ya no depende de nosotros. Lupita adquirió una infección nosocomial. No sabemos qué es ni dónde se localiza. Seguiremos tratándola con antibióticos de amplio espectro.

Segunda base: infección.

La fiebre debe de ser una de nuestras más recurridas metonimias. En ella conviven lo mismo la malilla por abstinencia de droga dura que la trama sutil de la alucinación viral. El arrase de Hitler, la megalomanía burocrática de los presidentes de México, el cívico narcisismo de un empresario de pueblo, las visiones de un arquitecto que diseña hospitales con forma de nave nodriza. La pureza mística. Thomas Mann espiando adolescentes en el lobby de un hotel de Zurich y Alexis Texas modelando mallas de colores fluorescentes para Bang Bros y forma de reducir la fiebre es mediante el baño. De una vez, dice, señalando el magro cuerpo de mamá con un movimiento de cabeza. Le explico que preferiría esperar a que llegue mi hermana para realizar esos menesteres. Pero la afanadora, que supera mi estatura y debe pesar unos diez kilos más que yo, me palmea con firmeza el hombro y dice: ándele, ándele, ándele: orita no es usted un hombre sino un hijo amoroso, no me decepcione. Cargo el desmadejado cuerpo, lo desnudo y, haciendo malabares, lo meto al baño. Los pezones de mamá emiten esa característica peste a plástico que exudan los organismos macerados en el vinagre rancio de la química, y que en mi fuero interno he bautizado como «olor a excipiente cbp». Entrecierra los ojos y susurra: «Sesenta centímetros, sesenta centímetros». Cuando estoy a punto de accionar la regadera llega la visita diaria del equipo de médicos internistas. Me la arrebatan casi de los brazos y la cubren de nuevo con la bata. Me suplican que salga para poder auscultarla «sin faltarle al respeto». Fuera de la habitación, una de las pasantes de medicina general que de vez en cuando coquetea conmigo me regala un café y sugiere que no vuelva a intentar lo de la ducha: cuando un paciente no puede hacerlo por sí solo, ese es trabajo del personal hospitalario. Al otro lado del pasillo, la robusta afanadora permanece de pie junto a la puerta de los baños de enfermeras. Cada vez que la pasante de medicina general voltea hacia otro lado, la afanadora me mira con el entrecejo fruncido y mueve hacia atrás y hacia delante la palma de su mano izquierda colocada a la altura de su pecho. Sus labios musitan en silencio una amenaza clásica y ambigua: «vas a ver, ¿eh?, vas a ver…». Me llaman de nuevo al interior de la habitación. Me piden que obligue a mamá a beber su ración matutina de Ensure. Mamá escupe la mayor parte del complemento sobre su bata y en las mangas de mi camisa. Los médicos llaman a una enfermera y le piden que la bañe y le coloque ropa limpia mientras ellos intercambian impresiones en un idioma técnico que quisiera ser incomprensible para el lego, pero que a mí, a estas alturas, me resulta nada más pedante. La pasante de medicina general entra a la habitación, toma asiento junto a mí en el sofá, coloca su mano sobre uno de mis muslos y me mira con fijeza hasta hacerme sentir incómodo. De pronto, sin que medie transición, un doctor al que no había visto nunca se vuelve y dice:

—Pero vamos bien, ¿eh?… No se preocupe. No ha habido cambios, lo que en estas circunstancias también puede considerarse una buena noticia.

Se van.

Al poco rato regresa el más joven de los médicos. El doctor O.

Dice:

—Me quedé con una duda…

La ausculta de nuevo concentrándose en la zona izquierda de su espalda.

—Hay líquido en el pulmón. Estoy pensando extraerlo con una incisión quirúrgica para luego intubarla bajo la clavícula. ¿Qué opinas tú…?

La mayoría de los doctores me ignora en tanto que ser pensante: se limitan a darme instrucciones. El doctor O., en cambio, me habla como si fuese uno de sus colegas. Entiendo que lo hace como deferencia a mi humanidad, esa esencia que a lo largo de los últimos meses ha vivido secuestrada por un trapo viejo. Entiendo mas no lo tolero. Dialogar conmigo desde el punto de vista del libre albedrío es un lamentable asalto a la etiqueta.

—Usted dirá. —me encojo de hombros.

Él me habla de tú. Yo le hablo de usted aunque me sea diez años menor.

Entra otro médico sin anunciarse. No sé su nombre: viene poco. Es muy alto y, aunque también parece joven, está casi completamente calvo.

—¿Insistes? —dice irritado.

—Hay que aspirarla —responde O.

—No es tu decisión. Valencia ya dio instrucciones.

Luego, volviéndose a mí:

—¿Le trajeron la receta?

No. No me trajeron la receta.

Durante varias horas, doctores van y vienen con el tema de la extracción del líquido alojado en el pulmón. Uno entra y pregunta: «¿no ha venido a recogerla el camillero...?». Y sale sin esperar respuesta. A los cinco minutos, el calvo reaparece: «no permita que se la lleven hasta que no tengamos autorización de la hematóloga». Me siento atrapado en una película de los hermanos Marx. Finalmente la hematóloga telefonea al celular de mamá y me da una orden directa: que nadie haga nada hasta que vuelva a realizarse un diagnóstico general.

A los pocos minutos, el calvo regresa a nuestra habitación con un burocrático semblante de triunfo.

—¿Ya le habló la hematóloga?

Asiento.

—Entonces quedamos en eso, ¿verdad?

Asiento de nuevo.

—¿Ya le trajeron la receta?

No. No me trajeron la receta.

—No se apure. Ahorita se la traen.

El trámite medicamentoso del Hache U transcurre de la siguiente manera:

1. Los doctores encargan el medicamento a la estación de enfermeras.

2. Este departamento pasa la receta al familiar del paciente.

3. El familiar del paciente se dirige al área de trabajo social, donde alguien firmará de visto bueno los papeles.

4. El familiar del paciente regresará a la estación de enfermeras y solicitará a cualquiera de ellas (pero la mayoría ignorará esta petición) su firma y su número de cédula.

5. Con estos datos más la receta, el familiar del paciente acudirá a la farmacia y entregará su solicitud al despachador.

6. El despachador estimará el presupuesto.

7. El presupuesto será llevado por el familiar del paciente de regreso a la oficina de trabajo social para que sea autorizado mediante sello.

8. De vuelta a la farmacia con el papel sellado, el familiar del paciente recibirá los medicamentos.

9. Estos, a su vez, han de ser entregados por el familiar del paciente en la estación de enfermeras.

10. Para que la entrega sea oficial, quien reciba las medicinas de manos del familiar del paciente deberá ser sin excepción la misma persona que firmó la orden y otorgó su número de cédula.

El trámite demora entre una y dos horas, dependiendo qué tan larga sea la fila en cada departamento.

Dudo que el Hache U haya impuesto estas normas por torpeza administrativa o crueldad burocrática. En realidad creo que lo hacen por pragmática solidaridad: el tiempo en el hospital transcurre de manera atrozmente lenta. Tramitar kafkianamente medicinas es la versión que nos ofrecen de una terapia ocupacional.

(De pronto pienso en esos libritos de antisuperación personal para adolescentes que escribiera Émil Cioran. Por ejemplo ese en el que el insomnio le revelaba el sentido más hondo del inconveniente de existir ya que lo impulsaba hacia una «malevolencia sin límites»: caminar hasta la playa y apedrear a unas pobres gaviotas. Híjole, qué señor tan punk. Para mí —también insomne crónico— el insomnio es puro melodrama: nada sino un estado suelto de la mente. Cuando mucho, te volverá un poquito cínico. No: el verdadero inconveniente de haber nacido no radica en ninguna unidad de sentido que pueda ser narrada. Es más bien este perpetuo cold turkey de estructura, esta malilla de significado. El ansia de simbolizarlo todo, la angustia de poner en prosa relatos anodinos. Por ejemplo la tramitología, cuya inquisitorial in-significancia es lo más cercano a un *Maleus*

Maleficorum que ha podido practicar la medieval Latinoamérica del siglo XXI.)

Terapia ocupacional.

Lo difícil es la primera semana. Los días parecen teucros despanzurrados. Como si intentaras leer (o escribir) por primera vez una novela y lo que hallaras a tu paso fueran imágenes turbias, fraseos irreductibles a una función específica dentro de la historia, escenas inconexas, entonación febril. Luego, paulatinamente, te vence el aburrimiento. Como si llevaras horas viendo caer una gota de Tempra en un tubito. Y empiezas a observar con dilación. La geometría de tu encierro. Su historia, que calladamente sedimenta desde fuentes muy diversas. La articulación: epifanía fisiológica que te permite sentir los lugares exactos de donde viene tu voz. El carácter fantasmático de tus personajes cuando logras aislarlos… Habitar algo (o a alguien) es adquirir un hábito. Y en ello los adictos a drogas duras llevamos cierta ventaja. Yo habito (yo tengo embrujado) un hospital. Cada nuevo día de encierro me deteriora orgánicamente y a la vez me proporciona un detalle que precisa los planos de mi casa.

a) Los baños de visitantes se ubican en el exterior, a un costado del platillo volador, frente a la puerta de Urgencias. Hay que pagar dos pesos por usarlos. Se supone que los limpian cada cuatro horas pero huelen permanentemente a mierda mezclada con cloro. Según un silencioso acuerdo, siempre encontrarás cómics pornográficos semiocultos bajo los cestos de basura del baño de caballeros. Puedes hojearlos, pero al terminar deberás dejarlos en su sitio para beneficio del próximo usuario. Ni siquiera la señora de la limpieza se atreve a retirarlos. Invariablemente aparecen títulos nuevos cada martes.

b) Todos los viernes, alrededor de las ocho, una familia de panaderos —el marido, la rubiamente oxigenada gorda esposa, la hija adolescente— obsequia café y polvorones quebrados a quienes dormitan en las salas de espera. Me han dicho que vienen desde hace diez años sin haber faltado a una sola cita.

c) En el cubo de la escalera se aparece por las noches un niño de ocho años. Es fácil reconocerlo: tiene un agujero en la cabeza. Yo no lo he visto. «Claro —reprocha entre dientes una monja enfermera—, si eso dicen siempre los incrédulos.» Se rumora que fue víctima (el niño, claro, no la monja) del famoso trenazo de Puente Moreno, el 4 de octubre de 1972. Que alcanzó a llegar vivo al sanatorio pero lo mató la prisa de su transportador al volcar la camilla de camino al quirófano. Por eso el alma se quedó en pena: no se resigna a haber muerto de manera tan estúpida.

d) La mascota nocturna del Hache U es un perro callejero al que los vigilantes llaman Chinto. Suele cenar en los botes de basura situados frente al edificio. Una señora que tiene a su marido en terapia intensiva desde hace más de un mes le ha regalado una camiseta con la foto del gobernador Humberto Moreira y los logos del PRI. A veces Chinto se cuela por la puerta del hospital que da al patio del oeste y se acurruca en el pequeño pasillo que va de oncología al plato volador. Si algún médico lo ve, los guardias lo sacan a patadas. Pero si no, lo dejan estar y hasta le regalan sobras de su lonche.

e) De madrugada el Hache U se transforma en la *Event Horizon*: una nave fantasma que ha cruzado el infierno. La puerta principal se cierra desde las diez. Los vigilantes se mantienen al pie del cañón todavía algunas horas. Luego el ánimo empieza a menguar. Tanto empleados como algunos familiares de pacientes se reúnen en Urgencias (única área permanentemente activa) a chismear o ver tele o a dormir un ratito si hay camillas vacías. El lobby, en cambio, luce abandonado. Los médicos de guardia se retiran a su barraca, beben un trago subrepticio, juegan cartas. Los enfermeros y enfermeras duermen, sintonizan reggaeton en la radio, se automedican a escondidas o se besan entre sí y se practican sexo oral por puro tedio. Deporte nada más.

Madrugada. Mamá dormía tranquila. Quise salir a fumar. Afuera estaba cayendo uno de esos aguaceros que hacen decir a las beatas que Dios practica en Saltillo la logística del próximo Diluvio. Descendí hasta la planta baja y me escondí a dar unas caladas en un ángulo del pasillo a desnivel que conecta la jefatura de enfermeras con el sótano: un plano inclinado de cemento a través del cual son trasladados los cadáveres desde cualquier piso hasta el anfiteatro. Es la zona menos transitada del edificio, especialmente de noche. Estaba casi a oscuras. Solo, desde la jefatura, emergía una tira de luz acompañada de murmullos: voces recitando números y el golpeteo mecánico de una calculadora de escritorio. Un poco más allá, el resplandor del cubo de la escalera junto a los ascensores.

Desde el fondo del pasillo llegaba un suave rumor. Algo como un esporádico batir de puertas en secreto. Un golpeteo metálico pero al mismo tiempo dulce que me hizo imaginar la tensión de un gran resorte en el fondo de una piscina. Mientras recorría de un lado a otro la última sección del plano a desnivel me pregunté si, más allá de las charadas que le reblandecían los sesos al personal hospitalario, habría algún modo de comunicarse con los muertos que yacían a unos metros de mí, tras las dos hojas de aluminio que resguardaban el más recóndito rincón del hospital: depósito de restos y salón de las autopsias.

Con esta morbosa idea en mente me encaminé al fondo de la rampa. Dejé atrás tanto el rellano (a la derecha) como la jefatura de enfermeras (a la izquierda) y llegué hasta la puerta de magro brillo metálico andando los últimos pasos casi de puntitas, como si buscara sorprender en un cadáver el mínimo resuello: suspiros de bebé. El rechinido y el batir de superficies —supuse que estarían ingresando un nuevo cuerpo— fueron volviéndose más definidos conforme me acercaba. Había en el ruido una armonía familiar; casi un prospecto de lenguaje. Pensé: quizás es de este modo como se comunica uno con los muertos. El camillero y el velador y el patólogo desarrollan movimientos precisos, mecanismos anatómicos perfectos para desmontar una camilla o desdoblar la sábana o pasar en vilo un torso inanimado del colchón a la plancha. Una rutina rítmica y eficiente cuya engañosa obscenidad esconde el ritual funerario más solemne.

Llegué hasta el umbral. Antes de espiar me volví y miré hacia la luz que brotaba de la jefatura de enfermeras, a mis espaldas, para confirmar que no había nadie espiándome a mí. No lo había. Me encorvé un poco y pegué la oreja al rectángulo de aluminio. Estaba helado. Tardé unos segundos en entender el mensaje. Luego, poco a poco, bajo el golpeteo, comencé a distinguir los gemidos humanos. La voz, ese demonio que nos posee —dice Slavoj Zizek— *entre el cuerpo*... Alguien al otro lado de la puerta estaba fornicando rodeado de cadáveres pero con envidiable exactitud, con un ritmo perfecto, empujando alguna parte de su cuerpo contra los bordes móviles de una superficie de metal; un estante o quizás una camilla.

Dudé: ¿sería un necrófilo tirándose a los restos posthumanos de una delgada muchachita...? Escuché un poco más y decidí que no: los gemidos susurraban en dos tonos distintos. Uno grave y otro agudo.

Noté con repugnancia que mi sensación de azoro iba transformándose en excitación. Dos noches atrás, en casa, durante uno de mis descansos, había pescado en el cable una película de Kate Winslet en la que ella se enamora de uno de sus vecinos, un hombre casado. Por alguna razón, ambos llegan al hogar de ella empapados por la lluvia. Kate le pide su camisa y baja a secarla al sótano. Él se queda unos minutos a solas. Husmea por la casa. Descubre que la mujer lo desea porque encuentra una fotografía en la que él aparece en short y sin camisa al borde de una piscina. La imagen está dentro de un ejemplar de los sonetos de Shakespeare como separador de un poema que contiene un verso subrayado en rojo: «My love is a fever». El hombre baja al sótano. Se acerca a Kate con pasos mesurados. La alcanza. Le palpa los hombros. La abraza por la espalda. Ella se vuelve y lo besa. Él la empuja suavemente hacia el fondo de la habitación. La carga. La coloca sobre una lavadora. La mira a los ojos. Ella se desnuda remangándose la enagua y sacándose el vestido por sobre la cabeza. Envuelve al hombre con sus piernas abiertas mientras la espalda de él cubre todo el encuadre de la cámara salvo un resquicio que permite entrever una hermosísima y pronunciada curva de vacío entre las costillas y el levemente insinuado borde de la cadera de ella. Cogen sin voz humana: solo se percibe el semilento traqueteo del metal de la lavadora rozando el muro.

Esa fue la imagen que me golpeó las sienes durante el escaso minuto en que estuve espiando a los amantes con una oreja pegada a la puerta de aluminio de la morgue del Hospital Universitario de Saltillo. Luego me enderecé, avergonzado, y me encaminé hacia el cubo de la escalera y el ascensor. Las manos me sudaban. No sabía hacia dónde dirigirme. Me daba asco la sensación de pasar la noche en ese estado velando el sueño de mi madre enferma.

Me senté en el primer peldaño de la escalera y encendí un segundo Marlboro. Decidí: tengo que verla. Lo de menos sería que fuera guapa o fea o gorda o flaca o vieja. Tenía que quedarme ahí hasta verlos salir y borrar de mi mente la imagen de Kate Winslet teniendo un orgasmo en una morgue.

Pasaron cinco o quizá diez minutos. La puerta de aluminio se abrió. Del otro lado emergieron dos sombras. El hombre era alto. Llevaba lo que en la penumbra parecía una bata. La mujer era delgada, atlética y con buenos pechos y, porque la luz del exterior iluminaba la manta azul de su pantalón, supe que era una de las estudiantes en residencia. El hombre me distinguió y caminó hacia mí. Ella se mantuvo dentro de la zona más oscura del pasillo. Logré ver el rostro de él bajo la luz que descendía de la escalera. Era un médico guapo y maduro. Seguramente el especialista a cargo del área en la que se preparaba la saludable chica con la que recién se había ejercitado.

—¿Qué está usted haciendo aquí?

La pregunta me tomó por sorpresa.

—Bajé a fumar —respondí sinceramente.

El hombre me miró por un segundo. Luego regresó al lado de la chica, le susurró algo y ambos se encaminaron hacia el otro extremo del pasillo. Apenas pude ver de manera fugaz la cabeza de ella ligeramente iluminada por el resplandor que provenía de la jefatura de enfermeras. No podría describir su cara.

Estaba a punto de marcharme cuando escuché que alguien descendía los peldaños a mis espaldas. Los pasos, pesados y disparejos, llegaron hasta mí. Luego una mano se posó sobre mi hombro. Me levanté y me di la vuelta. Arriba y al fondo, por la ventana del rellano, entraban fugazmente los flashazos de la tormenta.

—¿Me regalas uno? —dijo el recién llegado señalando en mi camisa la cajetilla de Marlboro.

Lo estudié brevemente, tal vez imitando la mirada inquisitiva que antes me había dirigido el doctor. Vestía un impecable pants de Atletica, unos tenis New Balance color negro con naranja y una camiseta negra con letras plásticas de Girbaud. Era ligeramente barrigón. Tenía el cabello rizado y largo hasta los hombros, pero ralo: se estaba quedando calvo.

—No se puede fumar aquí —dije.

Sonrió.

—Y tampoco se permite espiar la vida sexual de los difuntos, ¿no?

Me asusté. Creí haberme topado con uno de los espantos que aterrorizan a la monja enfermera. El tipo aprovechó mi confusión para, de un limpio zarpazo practicado con el pulgar y el índice de su mano derecha, extraer del bolsillo de mi camisa los Marlboro. Sacó de sus pants un Zipo plateado y encendió un cigarro. Fumó profundamente y expelió el humo.

—Pinches doctores, cabrón. Todos son iguales. Y lo peor son las puertas y los muros. Delgadísimos. —Volvió a fumar—. El día que yo llegué, me dieron la habitación 34. Y en el cuarto vecino hospedaron a un matrimonio extranjero. No sabes: descuidadísimos y ruidosos. Todas las mañanas se ponían a lo suyo haciendo unos sonidos que no armonizaban en modo alguno con la claridad del día: más bien parecían ensuciarla de un modo viscoso. Era una lucha acompañada de risas ahogadas y de resuellos cuyo carácter escabroso no podía escapar a mi atención aunque por espíritu de caridad me esforzara en darles una explicación inocente. Primero sonaba como si se persiguieran jugueteando por entre los muebles, pero luego era notorio que el juego se desplazaba hasta caer en los dominios del demonio de los instintos animales. Y yo pensaba: «deben de estar enfermos, o al menos uno de ellos, puesto que se hallan aquí. Sería prudente un poco más de moderación». ¿No te parece?

Su perorata envarada y vetusta me resultó familiar: déjà vu. Intenté saber porqué. Lo descubrí rápido. Lo que acababa de decir el desconocido no era más que, palabras más o menos, una de las escenas iniciales de *La montaña mágica*: el momento en que Hans Castorp tiene su primer y desafortunado encuentro con el matrimonio ruso.

Lo miré a los ojos.

Él me sostuvo la mirada. Me hizo un guiño y añadió:

—Exactamente.

Luego se alejó en dirección a la morgue caminando de un modo cómico y familiar: balanceándose como un patito hasta salir del edificio por la puerta que va del anfiteatro al estacionamiento. El bulto de su cuerpo desapareció entre la lluvia. En ese momento confirmé que había sostenido una breve charla en el sótano del Hospital Universitario de Saltillo con

Bobo Lafragua, el protagonista de la novela fallida que había intentado escribir un par de años atrás.

Me pregunté en qué momento habían comenzado las alucinaciones. Si de verdad habría doctores fornicando entre cadáveres o revistas porno semiocultas en los cestos de basura de los baños. Y también, para el caso, me pregunté si México alguna vez le había declarado la guerra a las potencias del Eje. O si, por el contrario, todo esto era nada más fiebre: un vacío mecanismo de adaptación al dolor. Consideré: «Es probable que mamá me haya contagiado su bicho nosocomial y yo también esté ardiendo en calentura». Era eso, o el estrés me estaba produciendo un episodio psicótico. Opté por lo primero: un episodio psicótico era un lujo que no podía darme.

Subí las escaleras hasta Medicina Hombres. Entré a la habitación 101. Todo estaba en silencio salvo por el torrente de la lluvia al otro lado de la ventana y el ronroneo de la nueva bomba de infusión. Mamá dormía relativamente tranquila. Miré el reloj: las 5 am. Me senté en el sillón e intenté convencerme de que nunca había salido de ahí: acababa de despertar. Fui al baño, me golpeé un par de veces la cabeza contra el muro, me miré debajo de los párpados y me toqué las mejillas. «Es solo fiebre», repetí una y otra vez. Convencido de que mi madre me había contagiado su infección, me calmé poco a poco. Pero, por si las dudas, decidí no mencionar a nadie mis visiones.

Fantasmas en La Habana

2

Recuerdo que me alzaban en vilo para luego posarme de pie sobre una silla y Marisela Acosta me alargaba un peine. Yo lo sostenía frente a mi boca como si fuera un micrófono y cantaba: «vuela, vuela, palomita, vuela, vuela entre las balas». Era el corrido de Genaro Vázquez, profesor y guerrillero muerto (ahora sabemos que asesinado) el 2 de febrero de 1972. Debo de haber sido muy chico cuando cantaba esta canción. La tragedia estaba fresca. Los comensales aplaudían a rabiar.

Pero ese, desde luego, no es mi recuerdo más antiguo.

3

Mamá tuvo, que yo sepa, un solo amor platónico. Un guerrillero del que apenas conocimos un apodo (imagino que se trataba de su nombre clandestino): el profesor de karate. Ahora que es vieja la molesto con eso y dice que no es cierto, que sí recuerda al chico pero que lo demás me lo he imaginado todo. Sucedió poco después de mi tercer cumpleaños, así que puede considerárseme una fuente dudosa. Pero no lo inventé: estoy seguro de que lloró cuando supo de su muerte. Esa noche no tuvo ánimos de salir a trabajar.

Lo conoció a través de Kito, el hermano menor de mi madrina Jesu. Lo vimos solo una vez: habíamos quedado un jueves con mi madrina en una pozolería cercana al Mercado Central y ahí nos topamos casualmente con ambos hombres. El profesor de karate era muy ñango, muy serio y muy barbudo. Habló todo el tiempo en un tono bajito pero con muchas palabras (y saliva), con mucha intensidad. Yo lo odié de inmediato. Mamá en cambio lo escuchó toda la tarde poniendo cara de boba. Me tiré al piso, eché arena en el platón del aguacate y mordí adrede un rábano para enchilarme y llorar. Ella se limitó a darme nalgadas en cada turno. Al despedirse, el profesor de karate y Marisela se sujetaron de ambas manos y se miraron a los ojos. Este es, por supuesto, mi recuerdo más antiguo: la angustia de que un extraño me roba mi único amor.

No podría precisar cuánto tiempo después aprehendieron a Kito en un fallido atraco a un banco de Acapulco. Mamá y yo y mi madrina fuimos a verlo al penal, que estaba apenas a la vuelta de la casa: vivíamos entonces en el número cuatro del callejón Benito Juárez, en la colonia Aguas Blancas, muy cerca de la zona de tolerancia. Los tres lloraron y repitieron a través de la reja muchas leperadas. Luego, a pregunta de mi madre, Kito respondió:

—Al profesor de karate le aplicaron la ley de fuga los putos guachos en Ticuí.

Recuerdo la frase. No supe lo que significaba sino hasta mucho después. Lo que sí sé es que esa noche mamá se emborrachó encerrada en nuestro cuarto y escuchando boleros. Ella dice que no. Que lo recuerdo todo mal porque era chico. Pero ¿quién va a olvidar la primera vez que puso un pie en la cárcel...?

4

Estas y otras naderías cruciales pensaba yo muerto de miedo la noche en que mi avión descendía sobre La Habana. Las pensaba por distraerme, por no sudar frío: llevaba conmigo, en el bolsillo de la chaqueta de mezclilla, una piedra de opio del tamaño de un diente de ajo. Me aterraba que los niños de Fidel me ingresaran a la cárcel acusado de narcotráfico.

Alguien —ni siquiera recuerdo quién— me había regalado el risco de goma por mi cumpleaños. Le dimos unos cuantos jalones con una pequeña pipa de cerámica y luego lo guardé en el escritorio. Lo olvidé por completo. Hasta que, meses después, mientras preparaba la maleta para el viaje a Cuba (era un viaje de trabajo: me habían contratado como parte del equipo logístico de una serie de conciertos y exposiciones de artistas mexicanos en la isla), buscando otra cosa, di con él. Pensé que sería divertido compartirlo con algunos colegas frente al mar. Lo partí en dos. Con una mitad preparé un concentrado de pasta macerada en agua (una especie de láudano sin alcohol), misma que vacié en una botellita de lubricante nasal con aplicador integrado a fin de poder aspirar el líquido directamente del recipiente. La otra mitad la coloqué en el fondo de una cajetilla de Popular a medio consumir. Puse ambos paquetes en el bolsillo exterior de mi chamarra y me largué al aeropuerto.

Pasé todo el vuelo aspirando opio líquido del botecito de Afrin Lub: yo entre náyades y nubes y la gente mirándome compasiva, qué bárbara gripa se carga este pobre cuate.

Poco antes del aterrizaje me asaltó el temor: las cárceles cubanas tienen pésima fama y es bien sabido que entre más chochea el comunismo castrista se vuelve más conservador y puritano... ¿Adónde habían ido a parar las libertarias sombras guerrilleras (y sin duda mariguanas) que mi madre me enseñara a cantar parado sobre una silla y con un peine como micrófono en la mano...? Estos ojetes ahora mismo me agarran y me encarruchan, adiós rubias caribeñas adiós masas de cerdo con tostón adiós paseos por el malecón con la cabeza hecha un hato de cerillas encendidas frente a tanta belleza adiós guaracha adiós... Pero a la vez me consolaba: lo bueno es que estoy tan hasta el culo que apenas voy a sentir los culatazos... Pero por la mañana... Entrecerraba los ojos y me veía limpiando el excremento de una letrina empotrada al muro mayor de una especie de caverna, con el cabello y las barbas (yo que soy tan lampiño) rizadas y crecidísimas, como el Conde de Montecristo... Luego, en la siguiente escena, no: lograba burlar a los perros y a los sorchos y saltaba los controles aduaneros como Bruce Willis en *Twelve Monkeys*, con esa misma pizpillante-musiquita-de-teléfono-descolgado como fondo mientras me internaba, narcoguerrillero a mi modo, en la selva tropical: camaradas, tomad un poco de analgésico, abajo el mal gobierno, liberación, liberación, La Revolución Es El Opio Del Pueblo... Y así me entretenía tan sanamente con los djins de mi sistema nervioso que ni siquiera noté cuando el avión tocó suelo.

5

En cambio el primer recuerdo de mamá (porque ella me lo contó: me lo cuenta casi todo) es tierno y repugnante. Debió de tener, como yo, unos tres años. Espiaba a través de los hilitos dorados de la bocina de un gran radio Philips holandés con doble dial de madera. Alguien —no sabe quién; yo sospecho que mi abuelo Marcelino— le había informado de que la música salida del gran cajón café era interpretada por gentecita diminuta que vivía ahí dentro. Por más que se asomaba y se asomaba, la niña Lupita no lograba distinguir a nadie. Aunque de repente casi... Pero...

Sintió que la izaban. Igual que a mí cuando ella me transportaba en brazos para colocarme en posición de cantante sobre una silla. Solo que a ella no la sujetaban por el torso sino de las trenzas. Luego escuchó la voz de mi abuela (y esto es lo primero que mi madre recuerda de su madre, así que cómo no iba a tener puteada la vida):

—Condenada Maldita, cuántas veces tengo que decirte que no toques las cosas ajenas.

Y sin ninguna piedad la arrojaba al patio de tierra suelta, donde la niña mi mamá azotaba confundida con el polvo solo para ser molida a patadas y bofetones por eso que los cursis locutores de radio y televisión describirían como «la autora de sus días».

La torturaba casi a diario. Porque quería ir a la escuela. Porque no quería ir a la escuela. Porque se le soltó una trenza. Porque trajo mal el pan. Porque se olvidó de juntar leña. Porque uno de sus hermanos pequeños (medios hermanos en realidad) soltó un llorido cerca de ella. Porque traía la falda corta, las rodillas cenizas, la garganta irritada. Pero sobre todo, la medio mataba a golpes porque mi madre gozaba los boleros.

Mi abuela Juana se enamoró a los catorce años de mi abuelo Pedro. Lo conoció en un baile. Él y el hermano de ella, mi tío abuelo Juan, interpretaron piezas de Rafael Hernández al frente del grupo Son Borincano. El tío tocaba la guitarra. Mi abuelo tocaba el tres. Al poco tiempo, Pedro y Juana empezaron a tener relaciones sexuales. Casi enseguida mi abuela quedó embarazada de mamá. Las respectivas familias (vecinas y —hasta entonces— amigas) los obligaron a casarse. Al parecer vivieron juntos unos meses: hasta el otoño en que nació Guadalupe. Mi abuela Juana no estaba lista para ser madre. Se asustó y abandonó la precaria casa que mi abuelo Pedro, veinteañero y chofer de camiones, podía ofrecerle. Su fuga duró solo unos días. Luego, arrepentida u obligada por las otras mujeres de su familia, intentó recuperar a la bebé. Mi abuelo se negó a entregársela. Mi abuela fue a la policía y lo acusó de secuestro. Pedro fue encarcelado. Juana recuperó a mi madre. Luego, cuando él quedó libre, dicen que la abuela quiso arreglar la situación: intentar otra vez esa cosa: el matrimonio. Pero Pedro estaba ya muy amargado. Se largó de la ciudad. Dejó la música.

Todavía adolescente, a los diecisiete y cargando una hija de dos años, Juana se casó con un hombre diez años mayor que ella, un mecánico de la Casa Redonda cuyo único patrimonio consistía en ser feo, tranquilo y bondadoso.

—Nomás tiene un defectito —dijeron las celestinas—: toma mucho. Pero no te apures, criatura, eso tú se lo vas a quitar.

Claro que no se lo quitó.

Dicen que a mediados de los ochenta, en su lecho de muerte, comida por un cáncer de matriz —justicia poética—, Juana le pidió a su nuera más joven que hurgara en su cómoda y le pasara una fotografía escondida bajo el triplay del fondo de uno de los cajones. Era el retrato de estudio de su boda con Pedro Acosta. Murió con él abrazado contra el pecho.

Mi abuela nunca dejó de amar a su primer marido. Por eso aborrecía la existencia de mi madre y de la música.

Guadalupe tardó años en darse cuenta cabal. Sin embargo, algo en su interior reconocía el patrón que ligaba las golpizas al bolero. Intuía que cantar en casa o escuchar la radio siquiera podía ser peligroso. Se avenía a los ratos en que el abuelo Marcelino, botella de mezcal en mano, sintonizaba la voz de Los Montejo a través de la W: hay en el fondo azul de tus pupilas una radiante floración de perlas. O espiaba el aparato de los vecinos y, cuidando atentamente de no mover los labios mientras lavaba las vasijas, imitaba la voz de Bienvenido Granda dentro de su cabeza.

Cerca de los ocho años, en 1950, Guadalupe descubrió una de las más rabiosas maravillas que admite la infancia: escapar. Usaba cualquier pretexto —ir al expendio de pan, tirar el agua sucia a la banqueta, dar un recado a la mujer de junto— para salir corriendo y ocultarse en la alameda potosina, que quedaba relativamente cerca de su barrio. Sabía que no la buscarían: en primer lugar, nadie la extrañaba; en segundo, su huida le daba a Juana un excelente pretexto para molerla ya no a mano limpia sino armada de un palo, un sartén o cualquier otro objeto que tuviese al alcance.

De todos modos, Guadalupe tomaba la precaución de trepar a uno de los árboles más viejos y ocultarse entre el follaje. Ahí se quedaba todo el día, soportando el frío o el calor, el hambre; sobre todo el hambre. Cantaba. Cantaba a gritos, como la vi cantar muchas veces cuando regresaba a casa feliz y borracha porque había ganado buen dinero en los prostíbulos: en el mar está una palma con las ramas hasta el suelo donde se van a llorar los que no encuentran consuelo pobrecita de la palma. Cantaba a veces sola, a veces siguiendo los compases de la estación de radio que sintonizaban en la nevería situada en un pequeño quiosco al centro de la alameda… Cantaba hasta las seis o siete de la tarde, cuando caía el sol. Entonces (me cuenta ella, me lo cuenta casi todo) sentía telarañas de calambre que se le iban anudando a las plantas de los pies. La sensación le subía por los tobillos, por las pantorrillas, y así poco a poco, conforme la luz disminuía, la telaraña de calambre iba extendiéndose por su cuerpo hasta anudarle la garganta. El tejido se hacía blancuzco, elástico, espeso. Cuando estaba segura de que el nudo aquel estaba a punto de asfixiarla, lograba llorar. Echaba fuera toda la telaraña. Dice que casi siempre lo que la hacía llorar era un bolero que programaban desde el radio de la nevería a la hora del ocaso: «Desvelo de amor», con el Trío Guayacán: vuelvo a dormir y vuelvo a despertar.

Concluidas la canción y la sesión de llanto, más tranquila y sin duda purificada de odio, mamá bajaba del árbol y, de camino a su casa, calculaba con espíritu de esposa maltratada o boxeador sin talento cómo debía acomodar el cuerpo para asimilar mejor los golpes de su madre.

6

Salimos del avión a un duty free. Me entretuve husmeando entre los aparadores: no quería que me arrestaran delante de los otros miembros del crew. No conocía a ninguno, pero podía identificarlos (y ellos a mí) por una playera-uniforme de la cual los organizadores nos habían repartido diez juegos a cada uno, y que de acuerdo al contrato debíamos tener puesta siempre, durante nuestra estancia en la isla, en los horarios laborales y durante los traslados.

Mi primera estrategia de evasión fue infructuosa: todos los integrantes del equipo se entretuvieron, igual que yo, en los bien abastecidos comercios comunistas del aeropuerto. Había, entre las grandes vitrinas llenas de ron y cidís y habanos, una ventana pequeñita que exhibía artículos beisboleros: cachuchas y camisetas azules con una gran «I» impresa en caracteres Block; un pequeño banner triangular con la inscripción (también en Block) «Industriales de La Habana». Decidí comprar una camiseta y deshacerme de mi uniforme de trabajo en el baño. Así por lo menos no avergonzaría a mis colegas a la hora del arresto. Continué mientras tanto administrándome generosas dosis de opio líquido desde el botecito de Afrin Lub entre turistas y policías. Enloquecidamente tranquilo.

Dos horas después logré pasar los filtros de confirmación de identidad, recogí mi maleta y me dirigí a la fila que llevaba a la última de las puertas. Un puesto delante de mí estaba un chico muy alto y rubio tocado con un impresionante peinado rastafari. Nos saludamos con un movimiento de cabeza.

Media hora más tarde, cuando el chavo rasta alcanzó la puerta, el aduanal le pidió sus papeles. Los estudió con calma. Finalmente, dijo:

—Acompáñeme, por favor. Es una revisión de rutina.

Ambos desaparecieron tras una puerta de espejo situada junto a la salida. Por un momento se hizo un solemne silencio entre quienes esperábamos nuestro turno: todos sabíamos que la «revisión de rutina» consistiría en meterle al chico rasta dos dedos por el recto en busca de sustancias ilegales.

En cambio el guardia que me tocó a mí sonreía sin dejar de ver mi camiseta de beisbol. Apenas si le echó un vistazo al pasaporte. Me lo devolvió diciendo:

—Tres juegos sobre uno, papi: tres juegos sobre uno. Pacá lo azul, pallá lo rojo. Gracias por preferir al equipo Industriales.

7

La ideología de Marisela Acosta —como la de cualquier verdadero ciudadano que haya habitado el siglo xx— es un misterio.

Adquirió sus primeras letras de mi abuelo Marcelino. Luego cursó dos años de primaria pero abandonó porque la abuela Juana necesitaba que le ayudara a cuidar de los hermanos pequeños. Lo que más disfrutó Guadalupe de su estancia escolar fueron los números: hasta la fecha lleva siempre dos o tres cuadernos en los que anota cifras y operaciones aritméticas que nadie sabe bien a bien de qué se tratan.

A los catorce años se fugó definitivamente del hogar. Trabajó de sirvienta para un par de familias guanajuatenses ultracatólicas de tradición cristera. De ahí le vino, infiero, el fervor por san Francisco de Asís (durante años peregrinó a Real de Catorce cada 4 de octubre) y ciertos ademanes y frases ingenuamente aristocratizantes:

—Soy una fragancia exquisita envuelta en papel periódico.

De ahí le vino también el racismo, y el consiguiente odio a sí misma, siendo como era una india de cepa. Todos sus hijos nacieron de padres blancos y/o con apellidos extranjeros. De niños nos aconsejaba:

—Cásense con una güera. Pero que sea bonita. Hay que mejorar la especie.

Nunca dejó de estar en contacto con su padrastro; se querían mucho.

Marcelino Chávez participó en el movimiento ferrocarrilero de finales de los cincuenta, lo que me hace sospechar que poseía alguna formación política. Es probable que mamá haya tomado de él sus primeros conceptos marxistas. Además, Marisela llegó por primera vez a Acapulco a mediados de los sesenta y vivió ahí —aunque de manera intermitente— hasta 1977. Ese período comprende, por una parte, el auge de la frivolidad estadounidense trasterrada, el Acapulco rock, el LSD, los puteros tipo mansión como La Huerta, la pornografía old fashion, las primicias de la cocaína entre turistas, las esferas de espejitos… Pero también es la época en que la utopía se agarró a balazos con el Far West: los fines de semana de purísimos adolescentes sesentayocheros, los primeros pasos del trabajo de masas en las zonas rurales, Lucio Cabañas y Genaro Vázquez, la Guerra Sucia… Esto le sucedió a cualquiera que haya vivido en esa época; pero percibir bacanalmente el proceso, siendo mujer, desde las mesas de un prostíbulo acapulqueño, fue —quiero imaginar— como sorber al mismo tiempo la nata de dos mundos. Mamá fajaba una noche con un ideólogo del magisterio y a la siguiente con el capitán de paramilitares que lo había torturado. Por eso piensa que la propiedad privada es una ficción impuesta por los explotadores y el gobierno corrupto y, también, que manifestarse en las calles como hacen las hordas de AMLO es una falta de respeto y decoro en un país de gente civilizada y culta. Por eso cree que el máximo héroe de la historia es Ernesto Guevara y, también, que a los jóvenes hay que educarlos con mano dura, con principios, incluso a golpes.

Odia las drogas.

—¿Cómo es posible que tú, según tú tan inteligente, te envenenes con *Esto*? —me dijo a mediados de los noventa cuando se enteró de mi adicción a la cocaína.

En mi familia está permitido decir cualquier clase de maldiciones (pinche, cabrón, chingar, pendejo) pero están prohibidas las obscenidades (verga, culo, pedo, putero). Aún es fecha que no logro explicar positivamente la diferencia entre unas y otras pero puedo intuir con facilidad qué nuevas palabras pertenecen a uno u otro hemisferio. El vocablo universal que mis hermanos y yo empleamos para sustituir las expresiones de mal gusto es *Esto*.

Cuando mi hermano mayor me dio mi primera charla sobre sexo nunca habló de vergas o penes, clítoris y vaginas: todo era *Esto*, *Aquello*, *Lo De Arriba* y *La Parte Externa De Aquello*. Para hablar de su trabajo (a menos que estuviera ebria o furiosa), mamá decía: *andar en Esto*. Para ella la coca (la cois, doña Blanca, fifí, la caspita del diablo, la soda, el suavitel) era *Esto*: verga, culo, pedo, putero. Tardó una década en perdonármelo.

Esto lo heredamos de un taxista acapulqueño: Praxedis Albarrán, mejor conocido como Pay. Pay fue para mi madre lo más parecido a un Pigmalión. Era unos veinte años mayor que ella. La amaba sin ser correspondido. Le obsequió su primer *Manual* de Carreño. La enseñó a comportarse (más o menos) en la mesa. La habituó a asistir al cine una vez por semana. La obligaba a leer y comentar los periódicos. Le torcía la boca cada vez que ella empleaba mal un vocablo. Era un gran lector, así que le traía una vez por semana alguno de esos peculiares libros que enloquecían a la gente del siglo pasado: *El tercer ojo*, *El retorno de los brujos*, *La piel* de Curzio Malaparte, el *Elogio de la locura*, *A sangre fría*, *La isla de las tres sirenas*... Mamá los leyó todos y después los mezcló con sus propias elecciones (que eventualmente se convertirían también en mis lecturas): *A calzón amarrado*, novelitas soft porno firmadas por Toni Friedman, revistas *Cosmopolitan*, *La casa que arde de noche*... Pay desapareció cuando Marisela, ligeramente refinada, consiguió seducir a un guapísimo narcotraficante: verbo mata carita pero gángster armado mata todo lo que se mueva.

A mediados de los setenta se enlazaron dos hechos que acabaron de fijar el perfil ideológico de mamá. Uno fue (y que conste que no estoy haciendo un pastiche de la biografía de Octavio Paz) una excursión al sureste del país. El otro, la muerte de Marcelino Chávez.

Para esa época mi abuelo se había convertido ya en el teporochito de la cuadra. Perdió su trabajo por tres causas: la vergüenza de haber renunciado a la militancia, la amargura de la derrota masticada por años y, claro, el exceso de alcohol. Pasaba la vida mendigando un trago a la puerta de las cantinas. No había semana en que no lo golpearan. Cuando Marisela se enteró de que su padrastro estaba en una cama boqueando de cirrosis, corrió a su lado. Hizo bien: ni mi abuela ni los hijos biológicos quisieron saber nada de la agonía del viejo. Cuando finalmente Marcelino cerró los ojos, mamá ingresó a una habitación de la funeraria con el cadáver apestoso a mugre y meados, lo desnudó y lo lavó. Le puso un saco y una corbata nuevos que le había comprado para la tumba.

A la mañana siguiente del velorio, mi tío Gilberto dijo que no estaba dispuesto a dormir dos noches seguidas bajo el mismo techo que una puta. Marisela hizo la maleta y se marchó. Agarró una parranda on the road que la llevó, a través de la huasteca potosina, hasta el puerto de Veracruz. Bebía, dice (me lo cuenta casi todo con una honestidad que pocos hijos recibirán de sus padres; sabe que está cerca de morir y que yo soy su único apóstol, el solitario evangelista de su existencia), como fuera: invitada, de su bolsa, fichando, besándose con hombres o lesbianas, azotando un danzón, al volante de un Volkswagen cacarizo, ligando con extraños sin recordar muy bien si había tomado o no la pastilla...

Hasta que una mañana, mientras se curaba la cruda en el café de La Parroquia sin parar de llorar bajo los lentes oscuros, escuchó que en la mesa de al lado alguien contaba: «Desde el puerto de Progreso, en Yucatán, es posible ver algo maravilloso: el resplandor de las luces de La Habana al otro lado del mar».

Marisela indagó cuál era la ruta más corta hasta Progreso y salió hacia allá enseguida. Arribó al día siguiente. Preguntó en la terminal de autobuses:

—¿Desde dónde es que se miran las luces de La Habana...?

Le informaron. Una vieja le advirtió:

—No es La Habana, mi niña. No creas cuentos. Es nomás el resplandor de los cruceros.

Pero mamá no la escuchó: tenía ya todo hilado en su cabeza.

Así que dice (ya no sé si es la fiebre o es mi madre quien habla) que se rentó un cuartucho y, apenas anocheció, se dirigió a la zona del embarcadero más alejada del alumbrado público. Ahí vio cómo se alzaban, a mitad de la tiniebla, las pulsiones de una galaxia enclavada entre dos pliegues de terciopelo. Le dijo buenas noches al valiente Fidel Castro. Y cantó, llorando muy quedito: flores negras del destino nos apartan sin piedad...

¿Por qué la vida de la gente que escuchaba boleros suena siempre tan cursi? ¿Será que, si los conocimos, padecemos la predisposición psicológica de espiarlos solamente cuando lloran, cuando están de un humor que, en nuestro fuero interno, vuelve asequibles sus presencias: carne de lamento borincano para nutrir La Gran (Tele)Novela Latinoamericana, sintonía de la AM, maldición de Pedro Infante...? ¿Será simplemente que el bolero tiene mejor textura narrativa que la música cómica, que la música *dura*, y por eso —por ejemplo— la lacrimosa ópera trágica, el corrido, los brochecitos del vestido de Yocasta son un caldo más fácil de tragar que, digamos, Les Luthiers o Lautréamont...? ¿O será una coartada: a los latinoamericanos nos gusta el melodrama porque somos eurocéntricamente adolescentes, y es sabido que la gente que llora trae aún, como luego se dice, toda la leche dentro: está en la plenitud vital...?

Este último ha de ser mi caso. Prefiero imaginar a mamá frente a las falsas luces de La Habana, borracha y mocosa, cantando, que verla así como la tengo hoy ante mí: calva, callada, amarilla, respirando con más dificultad que un polluelo sorteado en la kermés de una misa. Hace más de una semana que, bioquímicamente, mi madre está impedida de llorar. La ideología del dolor es la más fraudulenta de todas. Más honesto sería decir que, desde que padece leucemia, el pensamiento político de mi madre solo puede expresarse a través de un microscopio.

8

Llegando a La Habana me encontré con mi amigo el artista conceptual Bobo Lafragua, una especie de Andy Warhol (no tanto: más bien un Willy Fadanelli de provincias) por su capacidad para reunir en torno a sí a una corte de grupis, discípulos famélicos y muchachas con una autoestima tan pavloviana y tan pobre que se quitan la ropa cada vez que alguien pronuncia (así sea refiriéndose a una marca de cerveza) la palabra «modelo». Mi amigo Lafragua (cuya obra formaba parte del kit artístico que *diversas instituciones culturales mexicanas estaban llevando gratuitamente al pueblo de Cuba*: remesas enviadas por un hermano mortificado por la culpa histórica) había arribado al puerto dos días antes que yo. Ya para entonces tenía controlada la ciudad.

Nos hospedaron en el hotel Comodoro, no demasiado lejos del aeropuerto, por la zona de Miramar. En cuanto bajé del microbús, Bobo dijo, a manera de saludo:

—Estamos hasta su puta madre de La Habana Vieja. Pero no te preocupes, cabrón, es muy fácil llegar. Ya sé además qué hacer si no tienes tiempo de ir tan lejos: aquí en corto está la embajada rusa. No mames, ve a verla nomás para que documentes lo faraónicos que eran estos pinches weyes, cabrón, tú que muy izquierdoso. Pero si vas, ve de día: no se te ocurra ir de noche. De noche todo Quinta es territorio de las vestidas más nalgonas del Caribe: puro camarón.

Se notaba que se había atravesado media botella de Stoli y —quién sabe— a lo mejor hasta tres o cuatro rayas. Agregó, pasándome un brazo por el hombro y empujándome suavemente hacia el mostrador de recepción:

—Mañana comeremos en el Barrio Chino, cabrón. Y el jueves iremos a la Casa de la Música del centro a conocer a los mismísimos NG La Banda. Luego voy a llevarte a una paladar muy oculta por Almendares donde dicen que se hace la langosta más rica. Pero no te me agüites que hoy también tengo planes para ti: anda a tu cuarto y vístete porque te voy a pasear.

Girando sobre sus talones y dirigiéndose a la mínima porra que ya se había agenciado en el hotel (tres pintorcitos mexicanos con compungida cara de adolescentes que nos miraban amoscados desde un cómodo sillón de piel situado frente a los teléfonos del lobby) dijo, golpeando el aire con un puño:

—Al Diablito Tuntún, camaradas.

Los chicos asintieron sonriendo casi con temor.

Yo siempre he sido un hombre dócil. Con dosis generosas de opio en los pulmones, soy un zombi.

Me registré, subí a mi cuarto, deshice la maleta y me duché. Dados el clima y el ambiente (el Comodoro es un hotel de los cuarenta, chaparrito y extenso, tres azulísimas piscinas y cuatro restoranes y una sala de baile con orquesta y, de cara al mar, doscientos cuartos rematados por anchos balcones-terraza equipados de sillas y mesitas que recuerdan la escena del cumpleaños de Hyman Roth en *The Godfather II*) elegí un atuendo cuasi yucateco: pantalones de lino, guayabera, tenis Reebok.

Un rato después bajé al lobby. Esperé junto a los tres pintorcitos durante casi una hora. Luego telefoneé a la habitación de Bobo. Nada. De seguro se había quedado dormido.

(Eso es lo único malo de mi amigo. Se levanta a las seis de la mañana y a las nueve ya está preparando el primer desarmador. A mediodía insiste: ¡vamos a un téibol…! Pero apenas anochece está nocaut. Hace un par de años le extirparon la vesícula, lo que menguó severamente su tolerancia a los paraísos artificiales. A veces pienso que es el negativo de un vampiro.)

Como ya estábamos excitados y en ropa de salir, los tres pintorcitos y yo decidimos continuar con los planes de Bobo Lafragua.

—¿Adónde es que vamos?

—Al Diablito Tuntún.

—¿Y qué es eso?

Ninguno de los chicos lo sabía: habían llegado a La Habana solo unas horas antes que yo. Así que preguntamos a un taxista, quien nos condujo hasta la Casa de la Música de Miramar y nos señaló la escalera exterior que llevaba a la planta alta.

—Es ahí.

Antes de bajar del taxi me surtí una generosa ración de opio del botecito de Afrin Lub. Me di cuenta de que el botellín duraría, si acaso, esa noche y una más.

No sé los otros: yo subí la escalinata de troncos con la solemne sensación de estar pisando las alpargatas de Estrellita Rodríguez.

Todo fue ingresar al salón; enseguida se difuminó el encanto. Era una galería descolorida de paredes altas y techos de madera ruda y equipada con elegantes muebles malhechos, como de casa de citas en decadencia: poltronas turcas con el foam de fuera, sillitas diminutas hechas con pino de tercera y rematadas en garigoles de oro oxidado, plantas artificiales y refrigeradores decrépitos —eso sí: llenos de cerveza Polar— roncando como gorilas… La música era bajita y algunas sillas seguían trepadas en las estrechísimas mesas circulares. Consulté mi reloj: iban a dar las once.

—No, compadre —dijo el hombre de la entrada leyéndome el pensamiento—. Aquí la fiesta empieza pa las tres, pa las cuatro. Si quieren algo antes, abran pista allá abajo. Está empezando a tocar el Sur Caribe.

Así que tuvimos que pagar doble entrada. Calculé que en apenas seis o siete horas había gastado ya la cantidad de cucs que según yo iban a rendirme para un fin de semana.

Ricardo Leyva estaba machacando suavecito la duela con «El Patatun»: si le va dar que le dé, que le dé, mira el coro que te traje, los tres pintorcitos (indistintos para mí bajo la luz magullada de la noche habanera, una suerte de jóvenes Greas masculinas cuyo único ojo y diente era el limpio vidrio del ron) pidieron una botella que nos atravesamos enseguida, qué calor, y no era difícil notar, por la falta de destreza para el baile, que casi todos los concurrentes varones éramos extranjeros, muchísimo venezolano fingiendo ser comunista y arritmado, pero ni de chiste, y de los mexicanos mejor no digo nada, tenemos un presidente filofascista y una sintaxis excepcionalmente pacata (a menos que no extrañes en este punto del discurso un punto o un punto y coma) y bailamos la salsa con dos pies izquierdos y las piernas tan abiertas que parecemos Manuel Capetillo toreando en blanco y negro. Las mujeres en cambio eran, la mayoría, oriundas de la isla; lo mismo te citaban a Lenin en ruso que estareaban la maquinita sin que apenas roncaran los pistones, blam blam arrastraban el alma en los pies rozando suavecito la madera, dame más dame mucho pa que se rompa el cartucho, y era difícil para un par de primerizos como yo y las tres Greas de la pintura mexicana joven distinguir entre la buena danza y la buena factura anatómica lo que había de moral y de buenas costumbres: quiénes eran las leales defensoras del partido que acudieron a celebrar con los compañeros que nos visitan desde la hermana república de Venezuela, quiénes eran las chicas fáciles cuyo pensamiento se había deformado por ver televisión imperialista (no me importa que seas *colectivista y afable*: soy cubano, soy Popular), y quiénes eran, por último, las licenciosas y abiertamente mercadeables jineteras —o como dice la Gente de Zona: su-salsa-no-es-conmigo-su-salsa-es-con-conjunto.

(Que me perdonen las Decentes Camaradas Insertas En La Lucha pero marcándonos un son somos todos iguales: a la verga el Partido Comunista.)

Hacia las tres de la mañana, Ricardo Leyva y Sur Caribe remataron el show con el tema que muchos estaban esperando (lo sé porque, al empezar la melodía de viento, los meseros que pasaban a mi lado sonreían y me palmeaban fuertemente la espalda): *Añoranza por la conga*. Micaela se fue y solo vive llorando, dicen que es la conga lo que está extrañando, dicen que ella quiere lo que ya no tiene, que es arrollar Chagó: un blues bailable para denostar a los balseros. Criminal. Como si los héroes de la patria tuvieran derecho a vanagloriarse de expropiarnos la música, los muy comemierdas. Pero oh oh OOOH, that shakespearian conga: de pronto todos estábamos dando de saltos. Una percusión incendiaria, domesticada desde la calle, fierros en la hoguera: un farsante me dijo que yo era rockero. Éramos la versión Walt Disney de la danza del desfile del primero de mayo en la plaza de la Revolución, sigan arrollando y paren en la esquina, puro turista frívolo y putañero tratando de agenciarse un culito proletario que le ayude a sentir, por una vez, la erótica elevación —histórica, marxistaleninista y dialéctica— de las masas. Si no te puedes unir al heroísmo, cógetelo.

Se acabó la música.

Nos mantuvimos en el bar un rato más. Matamos de dos tragos una segunda botella de Havana Club. Pasadas las cuatro subimos nuevamente al Diablito Tuntún. Estaba repleto y sonaba riquísimo, a todo volumen. Entre los concurrentes descubrimos a un fresco Bobo Lafragua.

—¿Por qué salieron tan temprano, pendejos camaradas? —dijo esbozando la mejor de sus sonrisas.

El compañero Lafragua se distingue, entre otras cosas, por su impecable gusto al vestir. Llevaba una camisa blanca de seda opaca, unos cómodos zapatos Berrendo, lentes de Montblanc y unos Dockers color crema con cinturón Ferrioni. Se había sujetado el ralo y largo cabello rizado con un anillo de plata. Estaba sentado frente a una botella de Stolichnaya, una de The Famous Grouse y varias latas de Red Bull.

—Llegan a tiempo: estoy haciendo kamikazes para mis comadres aquí presentes —refiriéndose a tres jineteras que lo acompañaban.

Nos sentamos a su mesa. Los tres pintores comenzaron a tragar en automático la mezcla venenosa que Bobo preparaba: una parte de vodka y otra de scotch por dos de Red Bull. Yo había decidido dejar de beber: el alcohol estaba bloqueando el efecto del opio. Preferí seguir suministrándome generosos chorros nasales de la droga...

El Diablito Tuntún debe ser el máximo after de La Habana.

Exagero: hay muchísimos más. Pero todos vienen a rematar en lo mismo, preferencia sexual más o menos. La mayoría son clandestinos y qué flojera buscar un coche para ir hasta Parque Lenin poco antes del amanecer para asistir a un *rave* gay, o qué sórdido beber aguardiente a pico de botella en el malecón con niñas de doce años, o qué caro pagar lo que cobra una pensión en el Vedado para rozarse con reggaetoneros famosísimos que para ti no son más que otro anónimo cubano pretencioso con camiseta de gringo y desplantes de líder sindical mexicano, y qué afán de moverse hasta Marianao solo para volver a conocer a las mismas putillas del rubor tropical, míticas y comunes y corrientes, con sus perfumes empalagosamente idénticos a los de una teibolera de París o de Reynosa, y al cabo de todo terminar cogiendo, más borracho que un trapo de barman, aprisa y mal, en los mismos cuartuchos descascarados de Centro Habana que usan todos los turistas, viniéndote al compás de la voz de una malhumorada viejecita que, en el cuarto de al lado, echa pestes contra ti y contra el régimen mientras ve clandestinamente Telemundo.

El Diablito Tuntún es un duty free de putas adonde vienen a palomear muchos músicos luego de concluidos sus shows. Aunque la prostitución siga siendo ilegal (por eso en Cuba tantos y de tan variado modo la practican), en el Diablito los estándares para juzgarla son aún más relajados que en otros antros «legítimos» de la capital. Las chicas entran a pasto, estragadísimas por la noche de refuego y al mismo tiempo más aguerridas que nunca: avariciosas, malcogidas, al borde del vómito por chupar pingas blandas diminutas. Dormidas, soberbias, malhumoradas (depende de cuántos cucs se hayan hecho en este turno), lujuriosas. Con ganas inconfesas de venirse: demasiao queso, diría un santero de Regla. El Diablito Tuntún es un paraíso de pesadilla donde la música resulta intolerable y cinco o seis mujeres bailan alrededor de ti tratando de llevarte a la cama. Aquí no puedes mirar a los ojos a una mujer guapa: son más peligrosas que los reos. Si las miras a los ojos, te bajan la bragueta. Es el lugar perfecto para una noche de juerga cuando eres un monógamo anestesiado por el opio y torturado por el hecho de ser hijo de una prostituta.

Antes de salir de México hablé con Mónica: sin que viniera al caso le prometí, en medio de tremenda borrachera, una fidelidad tan solemne que debo haberla dejado con los pelos de punta. Le confesé que mi madre se había dedicado por años a la prostitución, lo cual me incapacitaba para intercambiar dinero por sexo.

—Así que puedes estar tranquila —finalicé sin reparar demasiado en la mirada de ternura mezclada con horror que ella me dirigía.

Luego quise comentar esto mismo con Bobo Lafragua. Le dije, parafraseando a Silvio:

—Soy feliz, soy un hombre feliz, y quiero que me perdones si no te acompaño a ir de putas.

Analíticamente, Bobo respondió:

—Ni te aflijas: el paraíso del Período Especial ya no existe. Ahora salen más caras que una corista de Las Vegas. Los pendejos europeos, que siempre arruinan todo lo que tocan, las pusieron de moda.

Al colgar el teléfono me sentí desconcertado: por primera vez fui consciente de lo amenazadora y opresiva que puede ser la sexualidad de un pueblo al que admiras y desconoces.

Aquella noche en el Diablito Tuntún, Lafragua me dio (a su tosca manera) la razón. Apartándose un poco de las chicas a las que pretendía estar embriagando (en realidad a ellas lo que les importaba era cerrar el trato con los pintorcitos-Greas), me susurró:

—¿A qué hora cogerán estas gentes, tú...? Se pasan el día hablando de sexo en las calles y la noche bebiendo y negociando sexo en los bares... Pa mí que ni cogen.

Quise responder una perogrullada: esto es un fantasma, un duty free; esto no es Cuba, nosotros nunca hemos ido a Cuba, yo no he visto Cuba, parece mentira. No pude. El opio me había elevado a una beatitud remotamente autista. Pensé: ¿qué hacemos aquí...? Hice un esfuerzo por preguntárselo a mi amigo.

—Tú —respondió—, casi nada. Tú ya estás hasta el huevo. Yo estoy esperando a una dama.

Debo haberlo mirado con extrañeza porque agregó:

—No cualquiera: esta noche tengo un sistema especial de selección.

Los chicos Greas y las chicas Kamikaze se levantaron simultáneamente de sus sillas de pino de tercera con garigoles de oro oxidado. Ellos buscaron la cartera para dejar algunos cucs sobre la mesa en tanto ellas los abrazaban, se recargaban en sus cuellos y les tocaban la entrepierna susurrando casi a coro:

—Pero si ya estás listo...

Fue una escena digna de una maquiladora de sexo cuya razón social sería *El Banquete de Platón*.

Las tres parejas salieron. A medida que las transacciones iban cumpliéndose en distintos rincones del establecimiento, la concurrencia menguó. El Diablito Tuntún es un lugar de un–dos–tres–por–mí–y–por–todos–mis–amigos: apenas dura lleno un par de horas y luego todo el mundo corre como loco a follar. Durante unos minutos, Bobo Lafragua y yo nos miramos a los ojos con tanta insistencia que dos mulatos guapos se acercaron a ofrecernos compañía. Bobo siguió bebiendo kamikazes. Yo aspiré las últimas gotas de mi caldo de opio.

Por pura perversidad, por puro self-hate, por puro ocio, pasé revista a las chicas rezagadas de la noche intentando dilucidar cuál era la que más me recordaba a mi mamá. Todas tenían, claro, un rasgo común: eran ligeramente mayores al estándar habanero y por eso todavía no ligaban. Primero descarté a las rubias. Luego a un par de morochas con las tetas bien grandes. Dejé fuera también a una negra que se carcajeaba feo: mamá siempre se describía a sí misma como una hembra muy cool en los horarios de trabajo. Al final no quedaba mucho: una pelona de rasgos muy finos y cara ligeramente rolliza sentada sola frente a la barra; una mujer alta de pelo largo y negro a la que había visto salir con un cliente una hora antes y que recién hacía un minuto regresaba al bar (tan fresca); dos señoras de gimnasio que de seguro eran hermanas y cuchicheaban a dos mesas de nosotros...

—Esa —dijo Bobo Lafragua señalando a la mujer alta de pelo largo y negro a la que yo seguía con la mirada por tercera ocasión.

—Sí —contesté distraído.

—Ni hablar: si te gusta, me la llevo.

Se levantó y se dirigió hacia ella.

Entonces entendí cuál era su método de selección.

Ni siquiera logré escandalizarme: estaba tan drogado que solo deseaba reunir la voluntad suficiente para levantarme de la silla, tomar un taxi y llegar al hotel donde tenía guardado el resto de mi opio. Por un momento pensé que sería de buena educación explicarle a Bobo que se había confundido, que la mujer no me excitaba en lo más mínimo sino que su desvencijado rostro me había recordado vagamente la vejez de mi madre. Que el daño que intentaba hacerme no era kinky sino simplemente amargo, y no iba yo a correr al baño del hotel a masturbarme imaginando cómo se templaba él a la chica, y a la tarde siguiente iba yo a levantarme sin envidia ni curiosidad, sin preguntas escabrosas ni deseo de detalles, sintiéndome simplemente una puta estafada: un sentimiento de vergüenza y desesperación del que, de todos modos, rara vez logro escapar cuando despierto cada día...

No lo alcancé.

No dije nada.

9

Hace diez años conocí a una chica verdaderamente hermosa. La llamaré Renata. Era (lo digo sin vanagloria y sin afán de ofender a las académicas feministas que desprecian a los mexicanos por considerarnos incapaces de incluir mujeres feas en nuestros relatos eróticos) el vivo retrato humano de la Venus de Boticelli saliendo de entre las aguas. Renata me admitió sexualmente con una condición: solo podía cogerla por el ano. Decía que era por respeto a su pareja. Creo que simplemente gozaba siendo penetrada así y le daba pudor solicitar tal servicio al amado. Yo en cambio estaba loco por ella y aceptaba lo que me propusiera. Al principio sufrí. Era menuda y estrecha, mi pene es ancho y soy incircunciso; sangramos un par de veces. Además en ese tiempo fui un tipo más reprimido que hoy: debido a las burlas y veras escuchadas en boca de los obreros entre quienes crecí, tenía la convicción de que por atrás solo la meten los soldados, los capitalistas opresores del pueblo y los putos.

El recto de Renata me curó, al menos en parte, de ese atavismo. Empotrado a sus nalgas deseadas por cientos de televidentes (Renata daba el pronóstico del clima en un canal de Monterrey) decía: «Me encanta». A ella le excitaba la posibilidad del cambio de roles. Giraba sobre sí y trataba de meter su dedo índice entre mis nalgas. Aunque hubiera querido, nunca pude permitírselo.

—Déjate, maricón —decía un rato después, tranquila, mirando al techo.

Me quedaba callado.

Durante más de dos años nos citamos con cierta regularidad en hoteles. Nunca salíamos y rara vez conversamos. Nuestra amistad se limitaba al tacto. Yo disfrutaba esos encuentros de una manera perversamente platónica: más que el orgasmo, me seducía la clandestina soberbia de mancharme la entrepierna con deyecciones del fantasma de la retina de Boticelli. No digo que el sexo no fuera divertido. Era distante. Una ficción.

El ano es un signo que no he logrado descifrar hasta ahora. En su carácter de utopía (como aprendí mucho después en los poemas de Luis Felipe Fabre, lo que hace que esta flor negra sea tan subversiva es el carácter de cosa *nefanda* que la tradición eurocéntrica le impuso: algo indecible: un no-lugar) logré idealizarlo. Pero, a diferencia de cualquier otra zona de los cuerpos, no consigo dirigirle la palabra: solo puedo hablar de él en tercera persona. No lo siento como una bestia viva sino como un animal al que maté. Yo sé que esta percepción cazadora debería producir significado por sí misma. El placer y la posesión no requieren fulgor ajeno para ser trascendentes. Puedo verbalizarlo pero no sentirlo. Por eso admiro en la bisexualidad una pureza perdida, un temple neolítico del que carezco. Judeocristianamente, deploro que los sabores y temblores del erotismo no culminen en una terca e irracional fantasía de reproducción. Soy un wanabí de patriarca y un Opus Dei de clóset.

Mi formación ideológica y mis traumas infantiles tienen todo que ver con esta angustia machista del ano. En el lugar de donde vengo (pero supongo que también en cualquier otro lugar) el ano es el dios Jano, la flor de dos caras de la embustera masculinidad. Cuando era adolescente, a cada rato escuchaba decir a los hombres de mi barrio que el único macho verdadero era el «macho calado».

—Macho machín —decía don Carmelo la noche del día de raya, cayéndose de briago— es al que ya se la arrempujaron y no le complació.

Se suponía que era una broma. Pero siempre, en algún momento de la borrachera, don Carmelo besaba en la boca y con la lengua a Melitón, el mayor de sus hijos.

Don Carmelo era albañil. Melitón y yo éramos sus ayudantes. Algunos miércoles por la noche, luego del trajín de la obra, acudíamos sudorosos y molidos a palos a un círculo de charlas sobre Poder Popular que se había formado en la colonia La Sierrita y era presidido por Méndez, un antiguo militante de Línea Proletaria, y por don Tereso, un anciano ferrocarrilero jubilado a quien todos respetábamos por su hierático pesimismo: dos veces por semana tomaba como cena una página de un vetusto ejemplar de la Constitución mexicana empastado en piel. Se pasaba los bocados de papel con buches de agua.

Línea Proletaria fue un movimiento de filiación maoísta que, entre mediados de los setenta y principios de los ochenta, penetró con éxito las estructuras sindicales de la industria acerera mexicana. Formaba parte de un más vasto proyecto de línea de masas que abarcaba tanto a la clase trabajadora como al sector rural, y cuya última floración fue el zapatismo chiapaneco de los años noventa. Siempre, claro, vivió injertado de neoliberalismo: casi ninguno de sus líderes vivos es, hoy, otra cosa que un priista de mierda.

Llegué a la izquierda mexicana mendigando. Luego de quedar en la miseria, mi hermano Saíd y yo íbamos a veces de puerta en puerta pidiendo lo que tuvieran a bien darnos: una colcha vieja, una lata de frijoles. En una casa nos abrió un hombre vestido con la clásica chamarra de lana cruda y mezclilla que era parte del uniforme de AHMSA. Nos dio como limosna los *Conceptos elementales del materialismo histórico* de Marta Harnecker, un libro horrendo y mentiroso que sigo amando con ardor infantil. Dijo:

—Vénganse mañana tempranito. Si ayudan a mi hijo a limpiar el patio, les doy unos centavos y más libros.

A partir de ese día inicié mi adoctrinamiento. No soy más que una larva en pena; por las tardes leía consignas, viejos ejemplares de *El talache* y textos maoístas o marxista-leninistas en la casa de un obrero. Pero por las noches, deseante bajo la luz del quinqué de mi destartalado jacalito, memorizaba transido de lujuria la *Salomé* de Wilde.

Los sindicalistas honestos hablan a cada rato de su culo. No lo citan por su nombre: se refieren a él mediante las acciones que el patrón, el esquirol o el líder charro practican en esa cloaca de la conciencia de clase. Las frases más comunes de este diálogo son dos:

—Me la metió doblada.

Y:

—Me la metió pero se la cagué.

La primera es una disculpa. La segunda, un enigmático consuelo. En ambos casos, el que la mete es un hijo de puta. La clase de hijo de puta que yo jamás he querido ser.

Por ejemplo, don Carmelo.

Alguna vez don Carmelo intentó propasarse conmigo como hacía con su hijo. No le resultó. No porque yo tuviera buena fortuna sino todo lo contrario: porque para entonces ya había acumulado sobrada experiencia lidiando con la sexualidad de los hombres muy hombres. Lamento hablar mal de mi madre ahora que agoniza pero lo cierto es que no siempre cuidó de mí como es debido. Y lo malo de ser el hijo de una puta es que, cuando eres niño, muchos adultos actúan como si la puta fueses tú. Mi hermano mayor tuvo que salvarme de ser violado al menos en tres ocasiones antes de que me graduara de primaria. Me explicó cuáles eran los riesgos con los que tendría que vivir hasta adquirir la complexión y la fuerza de un hombre adulto. Me enseñó a defenderme del abuso. Pero, para salvar el año, un niño tiene que estar dispuesto a recibir otra clase de golpes igual de duros. Por ejemplo la ocasión en que, alrededor de los nueve años, alguien me mandó inconsciente a la Cruz Roja por negarme a practicarle una felación.

Vivo creyendo que tuve éxito en salvaguardar mi culo. Aunque quizá me engaño; quizás una vez me la metieron doblada y no lo recuerdo. Me la metieron pero se la cagué: mi mente bloqueó el suceso para garantizarme un feliz futuro. Puede ser: mi mente es mi segunda madre.

Desperté a una mañana de resaca particularmente oscura. Sonaba el teléfono. Era la última época de mis amoríos con Renata: mediados del 2002. Levanté la bocina. No reconocí la voz de hombre que salía del aparato.

—Soy editor —dijo sin presentarse—. Preparo para el Fondo de Cultura Económica un volumen de crónicas sobre hechos de violencia en México. Su título será *El libro rojo*, ¿te acuerdas…? Es buenísimo, ¿no?

—Por supuesto —dije—. Era esa colección de novelas de monitos que publicaba Novaro en los setenta: puras historias de terror.

—No, no, no, no, no —dijo algo molesto el editor al otro extremo del auricular—: *El libro rojo*, hombre: en homenaje a la gran obra decimonónica de Vicente Riva Palacio.

Yo jamás he leído a Vicente Riva Palacio.

—Ah —dije—, sí.

Aquella era para mí una época sexualmente gozosa y literariamente depresiva: a diario añoraba que un editor cualquiera me telefoneara para compartir conmigo su genialidad insulsa.

—Queremos invitarte —prosiguió el desconocido— a escribir uno de los pasajes. Tenemos confirmadas ya a las grandes plumas: Monsiváis, Sergio García Rodríguez, Aguilar Camín… Pero queremos abrirnos a los jóvenes. Tú vives en Monterrey, ¿no?

—En Saltillo.

—Sí. Tú que estás en Monterrey… —Alargaba los intersticios de las letras como un J. J. Jameson buenaonda que intenta hacer tiempo para buscar en su repleto escritorio un cartapacio que está al fondo de la pila: pura y dura estética

Marvel—. ¡Aquí está! Exactamente. Tú puedes ayudarnos con la crónica del asesinato de Román Guerra Montemayor.

—Claro que puedo —respondí, sintiendo primero una descarga y luego un poso helado en la nuca.

Soy (por un momento dudé si el editor al teléfono lo sabría de antemano) el nieto de un marxista alcohólico que traicionó al movimiento ferrocarrilero.

A fines de los cincuenta, Román Guerra Montemayor era miembro del PCM y presidente en Monterrey del Consejo Local del sindicato de los Ferrocarriles Nacionales de México. Fue secuestrado de su hogar el 27 de agosto de 1959 y —según Pilar Rodríguez, sobreviviente de esa misma redada— se le trasladó al 31 Batallón del Ejército. Ahí fue torturado largamente hasta que, el 1 de septiembre de 1959, día del Primer Informe de Gobierno del presidente Adolfo López Mateos, falleció a causa del maltrato acumulado. Para seguir humillándolo más allá de la muerte y fabricar una supuesta línea de investigación que desacreditara al movimiento, los asesinos —militares que jamás conocieron castigo, como históricamente sucedía y sigue sucediendo en este país— arrojaron su cadáver sobre la cuneta de la carretera Monterrey-Hidalgo. Le habían clavado un palo de escoba en el recto y le pintaron la boca con lápiz labial con la infame intención —infame por partida doble— de hacer pasar su muerte como un crimen pasional entre homosexuales.

Román Guerra Montemayor fue asesinado a los veintiséis años. Este dato lo obtuve de mi madre. Ella lo obtuvo a su vez del abuelo Marcelino, quien conoció personalmente al joven líder sindical. En aquella época, el padrastro de mamá laboraba como mecánico de locomotoras en los talleres de Monterrey. Pocas semanas después del hallazgo del cuerpo de Román Guerra, Marcelino abandonó el movimiento. Fue ascendido a jefe de mecánicos y reubicado en la Casa Redonda de San Luis Potosí, su tierra natal. A mi madre le ha pesado siempre la zona sucia de esta historia. No por dignidad (la dignidad, dice mi amigo Carlos Valdés, es una utopía peque-ñoburguesa), sino por lo dolorosos que fueron para mi abue-lo los años posteriores al movimiento. Desde joven había sido un bebedor consistente, sin embargo fueron esos tres últimos lustros (de 1960 a 1974: de los cuarenta y tres a los cincuen-ta y siete años), los que lo destruyeron. La culpa ideológica lo alcoholizó hasta el horror acarreándole humillaciones, penu-ria física y eventualmente la muerte.

Acepté enseguida escribir la historia de Román. No por dinero. Tampoco (aunque me gustaría decir que así fue) por pasión literaria o fidelidad a mis orígenes biológicos y políticos. Lo hice por lujuria: era un buen pretexto para incrementar mis visitas a Monterrey y fornicar con el ano de Renata.

Organicé una primera pesquisa: concerté citas en el archi-vo de la ciudad, la Cuarta Zona Militar, el periódico *El Por-venir* y la Sección 19 del STFRM. Agendé, asimismo, una sesión carnal con mi amante: 6.00 pm en un motel de tres horas con pornografía y jacuzzi.

Nadie sabía nada de Román Guerra. Nadie quería saber nada. Como si preguntar por uno de los miles de cadáveres que nos debe el Partido Revolucionario Institucional lleva-ra implícito un insulto contra la Suave Patria. Como si el sig-no de interrogación estuviera tipificado como delito federal. Apenas, en el periódico, desempolvé los testimonios (muy a toro pasado) de Pilar Rodríguez y Rosario Ibarra de Pie-dra, y un artículo periodístico que consignaba información de una denuncia en contra de cuatro de los presuntos ase-sinos: el capitán Bonifacio Álvarez, el juez auxiliar suplente Félix Estrada y los sindicalistas charros Agustín Gómez Reza y Alfonso Escalera.

En la sede sindical (muros color beige, olor a Conasupo, máquinas Olivetti, sillones de plástico negro imitación cuero desmigajados y con chicles masticados pegados en las estruc-turas metálicas inferiores; Radio Éxitos: estás en los ochen-ta) me recibió un prieto barbón disfrazado de Tony Montana que se presentó, poniéndose de pie y arreglándose el saco para presumirme su esclava de oro y su medallón guadalupano de oro y su revólver niquelado al cinto, como el Secretario General.

—Pero qué pinche afán, amiguito. De eso ya ni quién chingados se acuerde.

Le expliqué: el objetivo de la crónica era, precisamente, librar semejante injusticia del olvido.

—Pues sí, amiguito. Pero hoy en día también existen problemáticas. Existen injusticias. Por ejemplo: los cabrones de la Sección 23 de Saltillo se la viven chingando injustamente, *injustamente*, a mi señor Secretario General Nacional, don Víctor Flores. Y tú vienes de Saltillo, ¿no?

Asentí.

—¿Sí me comprendes para dónde voy…?

Asentí de nuevo.

Dio una palmada sobre la mesa.

—Me da gusto que nos entendamos.

Se ponía de pie para despedirme de mano cuando le solté:

—¿Y si tuviera credenciales? ¿De periodista, de investigador, o una carta oficial: algo que le demuestre que mis intenciones son sanas y exclusivamente académicas?

(«Académicas» fue la única palabra que se me ocurrió podría infundirle algún respeto a un líder sindical; imbécil de mí.)

Parado a medias, con las manos sobre el escritorio, farfulló luego de meditar un instante:

—Está bueno, pues. Pero que te la firme el mero chingón de la institución para la que trabajas, no cualquier pelagatos. Y me la traes a mí primero antes de dirigirle la palabra a ninguno de mis agremiados, ¿eh…? O no respondo.

Dije que sí. Le agradecí servilmente y salí de su oficina mentando madres en silencio, con la convicción de no volver jamás. Ya casi trasponía la puerta de la sede cuando una señora de unos sesenta años me alcanzó y me chistó.

—Joven.

Me volví. Puso un papel en mi mano.

—Búsquelo a él. Está muy enfermo el pobre, a ver si lo recibe. Pero conoció bien a Román. Lo recuerda clarito.

Se alejó sin darme tiempo a agradecerle.

Desdoblé el papel. Decía: Daniel Sánchez Lumbreras, una dirección en la colonia Ferrocarrilera y un número telefónico.

Esperé durante dos semanas las ansiadas credenciales: una carta membretada con la firma de Consuelo Sáizar, quien por entonces se estrenaba como directora del FCE. El documento nunca llegó. El editor de *El libro rojo* se había olvidado de mí; nunca seré una de las «grandes plumas». Tampoco yo lo estaba haciendo mejor: la crónica había empezado a darme pereza y la última sesión de sexo con Renata dejó mucho que desear. Ella insistió:

—Coge mi culo. Dime que te gusta metérmela por el culo. Dime que tengo un culo rico.

Pero sin convicción. Yo repetía sus palabras con idéntica monotonía. Comencé a sospechar que Renata se había encontrado un nuevo amante, alguien que sí sabía dialogar con esa parte de su cuerpo como si se tratase de una bestia viva y no un muñeco de guiñol.

Decidí hacer un último esfuerzo y, desafiando subrepticiamente al líder ferrocarrilero, telefoneé a Daniel Sánchez Lumbreras para acordar una cita.

—Sí, soy yo —contestó una voz metálicamente senil al otro lado de la línea—. Dígame.

A medias consternado por una angustia difusa que me obligaba a tartamudear, intenté detallarle el proyecto. Él no interrumpió nunca: cortésmente se limitó a soltar algún gruñido de aprobación mientras escuchaba mi vago discurso. Al final respondió, con un ligero temblor en la garganta:

—Yo no sé si la memoria de este viejo le sirva de algo, señor. Pero a sus órdenes.

Rara mezcla: parecía emocionado y a la vez escéptico. Aceptó recibirme el siguiente domingo. Contacté a Renata para saber si ella también estaba disponible. Renata remoloneó pero finalmente dijo que sí. Aclaró que solo podíamos encontrarnos hora y media: había hecho cita con su novio para ir al cine por la noche.

Daniel Sánchez vivía en un macizo tejabán de madera situado en un maltrecho enclave del viejo Monterrey, a dos cuadras de los rieles. Más que ser una construcción deteriorada, su casa lucía mortecina: se notaba que la habían importado desde Estados Unidos previamente armada y en décadas distantes. Las sucesivas capas de pintura de aceite que cubrían los tablones se descascaraban y pulverizaban bajo la luz del mediodía, dando al edificio la apariencia de estar cubierto por un menguante pelaje tornasol. Don Daniel me recibió en el porche, sentado sobre una austera silla metálica oxidada. Le calculé poco menos de ochenta años. Llevaba un desleído pantalón azul plomo de terlenka, cinto y zapatos negros y una camisa blanca casi traslúcida desabotonada hasta medio vientre bajo la cual podía apreciarse la pelambre completamente blanca de su pecho y el cuello de su camiseta de algodón, blanca también y de resaque. Estaba tocado con una cachucha de los Sultanes.

—¿Usted es el compadrito? —me preguntó poniéndose de pie trabajosamente, con aire servicial. Asentí, y él añadió—: ¿Quiere café, compadrito…? Tengo Bustelo, del que me mandan los güercos desde Florida. Bueno pa la calor.

—Cómo no, don Daniel —dije solo para cerciorarme de que hablaba con la persona correcta.

Entramos a la casa en penumbras. Todas las ventanas tenían las cortinas corridas. Apenas era posible transitar las habitaciones, repletas de muebles y cajas de cartón llenas de chunches y papel. La cocina, en cambio, situada al fondo, lucía luminosa: la puerta y la ventana que daban al pequeño patio trasero estaban abiertas y el escaso mobiliario consistía en una mesa circular de formica y aluminio, un viejo trastero blanco, una silla de palo y una parrilla eléctrica de color anaranjado apoltronada sobre cajas de reja.

—Déjeme explicarle una cosa —dijo mientras hervía el agua y colocaba dentro de dos tazas de cerámica gringa sendas cucharadas de azúcar—: yo enviudé hace diez años. Tuve un güerco y una güerca, pero hace una enormidad que se fueron pal otro lado. Tengo novia, aunque ya casi ni la veo porque me dan harto sonrojo los achaques. Así que lo único que me queda en el mundo son mis compadritos. ¿Sabe qué es eso?

Respondí que no.

—Todos cuantos vienen. Casi todos son viejitos como yo: si es que nos acordamos, nos juntamos a jugar dominó cada jueves. ¿Qué le parece?

—Muy bien.

—Otros compadritos —prosiguió él— son como usted: muchachones con toda la leche. Y a veces, como usted, vienen porque quieren saber cosas de antes. —Vació dos generosas cucharadas de Bustelo dentro del agua hirviendo, apagó la hornilla, echó sobre la mezcla un chorrito de agua fría y, sujetando la olla de peltre con un trapo, vertió el café en ambas tazas a través de un colador y con sorprendente buen pulso—. Pero eso es raro. Lo más de cotidiano es que se trate de gentes piadosas que nos manda el recabrón señor cura, o parientes de parientes que vienen de visita a pagar un favor... ¿Cómo la ve?

—Muy bien —dije de nuevo.

Sánchez Lumbreras me sonrió con su primorosa dentadura postiza.

—Mire nomás... Ya tan pronto me está dando el avión.

—No, cómo cree —repliqué nervioso.

Él movió la cabeza sin dejar de sonreír.

—Entonces, ¿está de acuerdo?

Me extendió una de las tazas.

—¿Con qué?

—Pues con ser mi compadrito.

—Claro que sí.

Regresamos al porche.

—Agárrese una de esas sillas dobladas, compadrito —dijo al atravesar lo que una vez fuera la sala de su casa y ahora parecía una bodega sin concierto.

Nos instalamos bajo la sombra del alerón del tejabán.

—A mí nadie va a contarme de Román Guerra Montemayor —empezó—. Yo lo vi. Tan güerquito y tan huevudo.

Tras esta declaración de principios, procedió a contarme su vida: la picaresca juventud; su matrimonio y su viudez; la decepción constante que resultaron sus dos hijos hasta antes de convertirse al protestantismo chicano tipo Martin Cruz Smith; la chacota laboral; la pequeña gloria de la jubilación; el sabroso erotismo que depara a los varones bien plantados el arribo a la edad de los patriarcas… Curiosamente, la mayor parte de sus anécdotas gloriosas no tenían nada que ver ni con el movimiento ni con los años de madurez y juventud. Casi todo el relato transcurría durante las décadas de los ochenta y los noventa: la época que a todas luces consideraba el período más feliz de su vida.

Luego de hora y media o algo así, intenté encauzar sus divagaciones:

—¿Qué me dice del movimiento ferrocarrilero? ¿Cómo empezó la huelga?

Su respuesta me fulminó:

—Hay muchos libros que hablan de eso, compadrito. ¿No sabía…? No creo que necesite importunar a un viejillo para tener información tan sin en cambio.

Monologó egocéntricamente durante un par de horas más. Insistió en su inquebrantable fidelidad marital. Habló del alud de novias que tuvo tras la viudez («muy chamacas: ninguna llegaba a los sesenta»). Detalló unas cuantas de sus enfermedades:

—Un día me paro a mear y comienza a salirme polvito cafecito de la punta del pilín. No polvo: como lodito. Se me había agujereado la pared que separa la vejiga de los intestinos.

Se acercaba la hora de mi cita con Renata.

—Voy a tener que retirarme, compadrito. Tengo una cita con otra persona.

—Ándele nomás —dijo Daniel Sánchez Lumbreras frunciendo el ceño y sin mirarme a la cara.

Ya de pie junto a la verja del porche, me animé a insistir:

—¿No hay nada más que quiera contarme sobre la muerte de Román…? ¿Algo especial que recuerde?

Se le nublaron los ojos.

—Como dije, compadrito: hay libros sobre eso. ¿Qué le puedo yo agregar? ¿Alguna vez se le ha muerto un amigo?

Asentí recordando a David Durand y a Cuquín Jiménez Macías.

—Pues es lo mismo. Nomás que a mi Román lo envilecieron. No los sorchos: la gente buena y digna como usted, que insisten en resucitar su recuerdo como ejemplo de martirio sindicalista. Por mí, mejor hubieran dejado que su nombre se pudriera junto con su cuerpo a la orilla del camino con un palo de escoba ensartado en el culo.

Empezaba a estar retrasado. Abrí la puerta de la reja. La crucé. A mis espaldas, no muy lejos, escuché los pachorrudos frenos de un convoy de tren deslizándose sobre la vía ferroviaria que cruza el corazón del viejo Monterrey.

—¿Qué esperaba que le dijera, compadrito? —dijo Daniel Sánchez Lumbreras poniéndose trabajosamente de pie y mirándome por fin a la cara—. ¿Que se cogieron a mi amigo…? Se lo cogieron. Se la metieron doblada. Y entonces nos la metieron doblada también a todos los demás. Porque nos dio frío. Lograron lo que querían: tuvimos miedo. Tuvimos miedo y mandamos a la chingada el movimiento. ¿Qué quería que le dijera, compadrito? ¿Qué voy a cumplir setenta y seis años y tuve una vida feliz gracias a que un torturador hijo de mala madre me enseñó lo que era la justicia mexicana emputeciendo el cadáver del hombre más puro que conocí...? Se lo digo, compadrito. Se lo digo.

—Le agradezco mucho, don Daniel, de veras —dije desde la banqueta—. Pero me tengo que ir.

—Ustedes los *leídos* no entienden nada —contestó con un cansado mohín de burla—. En eso es en lo único que estoy de acuerdo con los opresores. Ustedes creen que la revolución era un espíritu perfecto como la Virgen de Guadalupe. Que le vaya bien, compadre.

Estoy seguro de que nunca he hecho el amor tan feamente como esa tarde: no pude quitarme de la piel la sensación de que mi verga era un palo de escoba y el culo de Renata el cuerpo de Román Guerra Montemayor. No la violaba en su carne sino en su espíritu: nunca estuve dispuesto a fornicar con ella libremente, sin complejos. La vi siempre como un prostituido fantasma de *lo bonito*. Mi actitud, lo descubrí mientras eyaculaba, era la más perfecta expresión del ignorante egoísmo burgués: convertir lo sublime en un centro de mesa. Conversar con los irracionales poderes de la belleza mediante el lenguaje del pronóstico del clima.

Nunca escribí la crónica literaria sobre Román Guerra Montemayor.

Nunca volví a ver a Renata, la chica del informe meteorológico: el vivo retrato de Venus saliendo de entre las aguas.

10

Una vez, cuando éramos niños, a la hora de la cena, mamá dijo, out of the blue:

—Si un día tuviéramos dinero como para irnos a vivir a otro país, a mí me encantaría que nos fuéramos a La Habana. En Cuba la gente pobre es más feliz que en ningún otro lugar del mundo.

Era la época en que empezábamos a vivir *como la gente*: 1980. Nuestra casa en el barrio del Alacrán colectaba sus primeras macetas.

Poco después, cuando vimos en nuestro primer televisor la inauguración de los juegos olímpicos de Moscú (todos amábamos a Misha), mamá apuntó, pensativa:

—Sí, también podríamos irnos a la URSS… Pero dicen que allá hace un frío de los mil demonios. Luego no voy a querer salir a trabajar por las noches.

De donde se infiere que, en sus treinta, mi madre fue una fantasiosa comunista, odiaba el frío y tenía una intuición antropológica más aguda que la de Fidel: sabía que las revoluciones también necesitan prostitutas.

11

Le dije a Bobo Lafragua:

—No sé qué le reprochamos a Cuba.

Estábamos bebiendo un negrón en el callejón de Hamiel.
Era antes de mediodía.

—Esta isla fue el mero corazón de nuestro tiempo —proseguí—. Pornografía y revoluciones fallidas: eso es todo lo
que el siglo xx pudo darle al mundo.

El público empezaba a congregarse.

Un par de días atrás, mi amigo había solicitado el permiso oficial para improvisar una performance en Hamiel «con
la intención de homenajear al máximo exponente de la dicción popular en la poesía latinoamericana: el único poeta que
supo fundir dentro de una página la negritud, el sentimiento
revolucionario y la música». Arrobados, ni los censores ni los
periodistas que después cubrieron el evento preguntaron por
el nombre del poeta en cuestión: todos asumieron que se trataba de Nicolás Guillén. Yo, que conozco a mi gente, supe
desde el principio que Bobo se refería a Guillermo Cabrera
Infante. Eso es lo que Bobo tiene: siempre encuentra el modo
de hacerte sentir como en tu casa un par de minutos antes de
zumbarte el jab.

Me respondió, enumerando con los dedos:

—Y música, y descaro, y colores, y una bullanga que no
se puede matar a tiros, y fornicar hasta que se te fracture en
cuatro partes: mira que tus antepasados católicos y aztecas
jamás cogieron así… Sí: no sé qué le reprochamos.

Nos quedamos en silencio.

Luego Bobo agregó:

—Es provocadora, esa idea tuya. Simplona pero provocadora. Me gusta. Voy a hacer una pieza digital sobre Cuba que se llame así: *Las bodas de la Revolución y la Pornografía*. Una gráfica photoshopeada y kitsch con una mulatota en cueros chupándome las tetillas y con la plaza de la Revolución al fondo en una composición copiada de un grabado de William Blake. Se va a vender un chingo, vas a ver. Sobre todo entre los imperialistas de izquierda.

Llegaron las autoridades. Un edecán se acercó a mi amigo y le indicó que era la hora de empezar. Bobo se puso de pie y se dirigió al interior del barecito para cambiarse de atuendo. Luego de unos minutos, emergió de la covacha ataviado con un impecable esmoquin blanco idéntico al de Rick en *Casablanca*. Llevaba un altavoz en una mano y un daiquirí en la otra. Las ojeras de varias noches de fiesta le daban a su alma una sublime aura bogartiana. Aún no era ni la hora de comer. Bobo alzó su daiquirí con la mano izquierda como quien brinda y empezó, a través del altavoz:

—*Showtime!* Señoras y señores *Ladies and gentlemen*, bienvenidos al gran mito colectivista y afable, *welcome to the most popular and friendly myth*, nuestra Noche de los Tiempos socialista y tropical... Prepárate para lo que viene: el otoño del patriarca. Prepárate para ser hospedado por un pueblo de príncipes. Para la atroz descortesía y la hermosura que envenena. Para sorber el último suspiro de un son entre chinos venerables y sutiles despachadores de cocaína que te siguen discretamente hasta la puerta del banco llamándote en susurros: «México, México». Prepárate para ser cebado como una bestia comestible a base de masas de cerdo entre esbeltos concurrentes. Prepárate para ser recibido en todos lados con la pleitesía que concita un gángster gracias a tu tarjeta Visa. Prepárate para verte segregado, en Coppelia, a un modesto y solitario changarrito de madera. Prepárate para sobornar. Prepárate de nuevo para el mar. Prepárate también para entrar a la piscina: el hilo dental de una mulata que pasaría por virginal si esto no fuera el paraíso. Prepárate para ser cortejado por el más temible harén de novias. Prepárate para Elvis Manuel pichuleando entre bellezas radiactivas —y aquí Bobo Lafragua cantaba—: que se me parte la tuba en dos, que se me parte la tuba en tres, cuando te coja yo te voy a dar, ay, tres de azúcar y dos de café —y luego proseguía imitando la voz de Lezama—: ah que tú escapes por la ventana de un segundo piso para librarte de este reggaeton.

Hacía, con impúdicos ademanes que recordaban a un cucarachil y bonachón doctor en sociología gringo impartiendo una conferencia en algún auditorio universitario del tercer mundo, una pequeña pausa para sorber del popote un largo trago de su daiquirí. Luego alzaba de nuevo el altavoz y retomaba de este modo:

—Prepárate para volver a emocionarte con las vetustas consignas de tu infancia: «Patria o Muerte Venceremos / Señores imperialistas no les tenemos nosotros ningún miedo / y las fotos de George Bush / y Posada Carriles / con colmillos vampíricos / junto a una escandalizada Estatua de la Libertad / en un espectacular abiertamente burgués. / Prepárate / para el sonido animal / que hacen 138 banderas negras».

Aquí Bobo arrojaba el altavoz al suelo, daba otro sorbo y gritaba a voz en cuello, haciendo movimientos que (desde la perspectiva de un militante frívolo como yo) recordaban a los personajes de un viejo clásico cubano de dibujos animados:

—Prepárate, *ladies and gentlemen, madams et monsieurs,* señoras y señores, para el gran film del futuro: *Fantasmas en La Habana.*

Y remataba de un solo trago sin popote el resto de su daiquirí, aunque, evidentemente, tanto hielo le produciría jaqueca en los siguientes minutos.

Aprovechando que el público había quedado perplejo y confundido, Bobo se acercó a mí, me pasó el brazo por encima de los hombros y, desabrochándose la corbata de moño y empujándome entre las sillas hacia el extremo de Hamiel que da a la escalinata de la universidad, dijo:

—Vámonos.

Salimos pitando.

—Hay que perdernos el resto del día —dije— y disfrutar lo más posible lo que nos queda de isla. Porque a más tardar mañana van a deportarnos.

Bobo se encorvó un poco y, haciendo air guitar, imitó la voz de las urracas parlanchinas sin perder el donaire que le daba el esmoquin:

—Cuando salí de La Habana, válgame Dios…

Sobre la escalinata de la universidad había un par de chiquillos jugando pelota. Los contemplamos un rato. Luego bajamos por Infanta hasta Doña Yulla. Pedimos cerveza Polar y coctelitos de ostión en vaso. Al poco rato llegó Armando, uno de los choferes de la oficina provincial de cultura. Por un momento pensamos que lo habían enviado tras nuestros pasos, pero actuó como si no supiera nada: sin saludar, se sentó a nuestro lado con su cara cacariza y sus ojos color miel casi idénticos a los míos. Ordenó:

—Ponme igual que a los muchachos. Lo de los dos, pa mí solo. Palcanzarlos.

Y sonrió mirándonos de reojo.

Bobo sacó la cartera y pagó por adelantado el consumo de nuestro anfitrión. Le dieron el vuelto en peso cubano, que para nosotros era como panchólares: no nos lo tomaban en ningún lado.

—Esto está jodido, Armando —dijo Bobo—. Quiero otra cosa.

Armando se encogió de hombros.

—Tengo turno libre y aquí traigo la guagua. Si quieres te llevo conmigo a Regla, o a Santa María del Mar, o a las Zonas.

Paseamos con él durante el resto de la tarde. Cruzamos el túnel para ir a las Zonas pero allá no había nada: desvencijados multifamiliares cuya caótica disposición (el F junto al B; el H junto al M) no hacía más que abonar a la sensación de pesadilla con que habíamos empezado a percibir la ciudad. Fuimos luego a Santa María del Mar: arenas desiertas, baños cerrados, galpones oficiales vacíos. Bobo Lafragua se quitó los mocasines y las medias, se remangó los pantalones de su esmoquin y dejó que las olas lo acariciaran.

—Mira que los habaneros no vamos a la playa en martes —se disculpó Armando—. El transporte es difícil y somos gente trabajadora. Pero no tienes idea de lo feliz que es todo esto en domingo.

Nos hizo caminar hasta un extremo de la playa para mostrarnos lo que describió como «un sitio histórico»: un par de piscinas naturales donde el mar chocaba contra rocas negras. Dijo:

—Desde aquí salían las balsas en el Período Especial. Aquí le dije adiós a la mitad de la gente a la que quiero.

A Bobo estaba empezando a bajársele la borrachera, lo que suele ponerlo de muy mal humor. Intentaba rehacer el nudo de la corbata de su esmoquin. Respondió:

—Sí, muy bien, pero no te preocupes: a nosotros van a deportarnos por avión. ¿Sabes qué es lo que quisiera ahora? Quisiera cortarme el cabello. Todo. Me voy a rapar.

Armando se carcajeó. Fue andando por su vagoneta china y la acercó hasta donde estábamos. Nos indicó que subiéramos y enfiló al oeste, de regreso a Habana Vieja. Antes de apearnos a pocas calles de la plaza de armas, dijo:

—Tienes que ir hasta la Casa de México. Pasa y sigue todo recto. Dos bloques después de la Casa de la Poesía, dobla a la izquierda. Ahí encontrarás una barbería de negros.

Nos guiñó un ojo a través del retrovisor.

Descendimos del vehículo. Armando bajó también y se despidió dándonos un abrazo a cada uno. Llevaba en la mano un envoltorio de papel blanco con etiquetas estampadas en una muy cruda tinta azul; algo semejante al empaque de un kilo de harina de trigo. Luego de abrazarme, me extendió el envoltorio.

—Es tabaco. No es Cohiba ni Montecristo pero es muy bueno: lo que fumamos nosotros. Cuídalo mucho, México, que no tienes idea lo que me costó obtenerlo sin que lo apuntaran en la libreta de racionamiento. Fúmatelo enseguida, que no podrás sacarlo.

Metí la mano al bolsillo en busca de mi cartera.

—Ven acá, mucho cuidado. Es un obsequio. Para que recuerdes —sonrió y señaló con un movimiento de cabeza a Bobo Lafragua, quien ya cruzaba la avenida para ordenar un mojito en uno de los puestos del malecón— a tus hermanos los fantasmas.

En la peluquería se había armado la gorda. Los rojos de Santiago, viniendo desde atrás, estaban dándoles en la madre a los Industriales de La Habana. La serie se había empatado a tres partidos por bando y justamente esa noche se jugaría el desenlace (días más tarde me enteré por la prensa de que Santiago se quedó con el campeonato). El peluquero y su asistente le iban a los azules. El policía y otros dos concurrentes venían de Santiago, igual que media Habana, así que la gresca daba para rato. Todos, dentro de la pecera de 4×3 metros que era la peluquería, gritaban. Estaban tan absortos en su pasión que, en vez de preguntarnos qué se nos ofrecía o directamente cortarnos el cabello, nos cedieron los sillones de barbero y nos pasaron la tinajita de aluminio de la que bebían por turnos un macizo aguardiente de caña hecho en casa.

Luego de una hora o algo así, convencidos de que no nos atenderían pero agradecidamente flipados de aguardiente, Bobo y yo nos levantamos de los sillones de barbero y nos encaminamos a la puerta.

—Espera, México —dijo el policía: toda Cuba sabe que eres mexicano en cuanto te miran la panza—. Ven acá, dime una cosa: ¿cuál es tu equipo?

Soy un narcotraficante honesto. Para honrar la sagrada piedra de opio que traje conmigo con la intención de abatir la dictadura de la Revolución (y que ya para entonces no era para mis vías respiratorias sino pura nostalgia), dije:

—El único: Industriales.

Se encendió nuevamente la candela. Bobo y yo aprovechamos para escurrirnos por la puerta y marchar en dirección a Centro Habana. Estaba cayendo el sol.

Vagamos un rato por calles que iban sumergiéndose en la oscuridad. Lo único abundante eran los perros callejeros, pequeñitos y mansos y más de uno contagiado de la roña. De vez en cuando nos topábamos una puerta abierta y un foco encendido; reconocíamos algún tipo de establecimiento. Como cualquier noche capitalista, la noche de La Habana tiene sus estanquillos. La diferencia no es espiritual sino materialista e histórica: los mostradores y estantes de Centro están, salvo por una escasa botella de ron sin etiqueta, vacíos. Andando así, eludiendo a vendedores de sellos aduanales piratas y persiguiendo con la vista a cachondísimas y gordas negras sin sostén, llegamos a la confluencia de tres calles con nombres que bien podrían pasar por hexagramas del *I Ching* o símbolos de un altar de sacrificios azteca: Zanja, Cuchillo y Rayo: el Barrio Chino.

—Forget it —dijo Lafragua poniendo cara de Jack Nicholson—: it's Chinatown.

Entramos al estrechísimo y serpenteante callejón de comida. Bobo escogió el establecimiento que parecía más caro. Se sacudió las solapas del esmoquin y dijo, extendiéndole un billete de veinte cucs a una menuda hostess de rasgos y atuendo orientales:

—Quisiéramos el salón ejecutivo, por favor.

La hostess hizo una reverencia y nos condujo hasta el fondo del recinto entre las apretujadas mesas llenas de clientela. Subimos una escalera y traspusimos dos puertas consecutivas. El salón ejecutivo ocupaba la mitad de la segunda planta. Consistía en un comedor con ocho o diez puestos, un balconcito y una pequeña sala de entretenimiento equipada con un sofá tapizado en piel y un televisor de plasma de 24 pulgadas.

Bobo Lafragua se abalanzó sobre el control remoto de la tele. La encendió. La única opción que ofrecía la pantalla era un interminable catálogo de pop chino editado en la modalidad de karaoke.

—Enseguida enviaré mesero con carta —dijo la hostess con un acento angelical.

Bobo se limitó a preguntar y responder:

—¿Dónde está el micro…? Ah: aquí está.

La hostess salió.

Por unos minutos, lo único que se escuchó en la habitación fue el trajín de vajillas que subía desde la planta baja y la empalagosa armonía pentatónica que emergía del televisor. Yo me quedé en el balconcito, al otro extremo del comedor, mirando hacia la calle. Las luces de La Habana brillaban desesperadamente. No eran luces de embarcadero sino desperdigados focos de casitas. Recordé esa anécdota que contaba mi madre: desde el puerto de Progreso, en Yucatán, es posible ver las luces de La Habana y decirle buenas noches al valiente Fidel Castro. Dedicarle un bolero: flores negras del destino nos apartan sin piedad.

Justo entonces, Bobo Lafragua dejó fluir su hermosa voz de blusero:

—Chi mu ke pe o ni yu, chi mu yang, o ni yu. Chi mu ke pe chi mu yang, ni mu ni mu num.

Sus letras inventadas cuadraban perfectamente con la melodía del televisor. Se puso de pie y, sin dejar de cantar, comenzó a imitar micrófono en mano los ademanes de Emmanuel y Napoleón.

—No mames, Bobo.

—Soo, too, ni-mu-yang. Soo, too, ni-mu-yang. Ka tu yan go wo.

Sacó del bolsillo interior del saco de su esmoquin un pequeño peine. Me lo arrojó y lo caché. La simetría entre esa invitación y mi primer recuerdo melódico y revolucionario me pareció insobornable. Decidí seguirle el juego: usando el peine como micrófono e imitando torpemente las coreografías del grupo Menudo, canté:

—Soo, too, ni-mu-yang. Soo, too, ni-mu-yang, ka tu yan go wo, ka tu yan go wo.

El mesero que vino a tomarnos la orden se desconcertó. Intentó razonar con nosotros en español y luego en chino. Ni volteamos a verlo: estábamos absortos intentando fundar una nueva coreografía a partir de los pasos ochenteros de sobra conocidos.

—É-go-ne ma yu a-á, é go-noh, go-noh-ke.

Llamaron al gerente. El escándalo (para entonces cantábamos a grito pelado) atrajo a algunos comensales. Unos reían por lo bajo. Otros nos contemplaban con abierta reprobación. «Qué más da —pensé—: no pueden deportarte dos veces del mismo río.»

Nos sacaron del restaurant a empujones. Nosotros no lográbamos parar de reír, de bailar, de cantar mientras descendíamos la escalera y pasábamos entre los apretujados comensales de la planta baja y seguíamos por calles con nombres punzocortantes como Zanja, Cuchillo, Rayo, y más allá del Barrio Chino (Forget it: it's Chinatown), caminando y bailando y corriendo y bailando en zigzag por la exacta división entre Habana Vieja y Centro Habana, peatonales, avenidas y recintos históricos, Paseo del Prado, Floridita, Casa de la Música, el Granma en su museo, palapas del malecón, Hotel Nacional pendiente arriba y abajo, El Gato Tuerto, la gasolinera donde se reúnen los chicos gays, el tramo de banderas donde niñitas acechan desde su jungla de lipstick a la gorda presa de los pecaríes italianos, torciendo luego otra vez calle arriba hacia Vedado para pedir junto al cine Yara a un amigo taxista gitano que nos devolviera por favor a Miramar sin parar de reír, de bailar, de cantar:

—O-ha-no-he-la-fo ha no no ha no, ke-re-ke-ne-la-fo ha no no ha no, yu-ni-yu-e-la-fo ha no no ha no, haaaa-no, haaaa-noooo...

Mi madre no es mi madre: mi madre era la música.

Fiebre (2)

… sabemos con seguridad que tampoco el psi-
coanálisis, que cree servir al principio de realidad, puede abstraerse de la correspondiente
forma social de dominación, y así, sin saberlo,
puede estar al servicio del sistema represivo de
esa dominación con su moral y sus prejuicios.
[…] A pesar de todo, los fantasmas neuróticos
no son solamente regresivos; en su núcleo son
revolucionarios, puesto que ofrecen un sustitu-
to de una «realidad» inhumana.

ÍGOR CARUSO

Comienza un lunes.

Primera nota del cuaderno rojo
Es una sarta de mentiras. Soy un reprimido. Jamás he practicado el sexo anal. Bobo Lafragua solo existe en mi imaginación. Conozco perfectamente varias lenguas chinas. Nadie encontrará nunca en La Habana un antro llamado Diablito Tuntún. Yo nunca fui a La Habana. Miento: yo casi estuve una vez en La Habana. Miento: una vez fui a La Habana pero no pude ver absolutamente nada porque pasaba las noches encerrado, con fiebre, muriéndome en mi cama de hospital, deprimido y solo, conectado a la máscara negra. Las tardes y mañanas laboraba (en mi habitual papel de mercenario o prostituta literaria) como escribano de una secta presidida por Carlos Slim: una secreta cofradía de empresarios latinoamericanos de ultraderecha que desde ahora planean cuál será el futuro de la isla tras la muerte de Fidel.

Miento: la milagrosa medicina cubana curó a mi madre de leucemia.

Miento:

Así, desde la fiebre o la psicosis, es relativamente válido escribir una novela autobiográfica donde campea la fantasía. Lo importante no es que los hechos sean verdaderos: lo importante es que la enfermedad o la locura lo sean. No tienes derecho a jugar con la mente de los demás a menos que estés dispuesto a sacrificar tu propia cordura.

Segunda nota del cuaderno rojo
This is the way the world ends: not with a bang but with a
whimper. Lo que intento por supuesto es reflexionar morbosa-
mente, no transcribir el dolor.

Redacté la historia de un viaje a La Habana basándome en
las notas que tomé durante un Período Especial de alucinaciones. Procuré, en la medida de mis alcances, combinar tres enti-
dades estilísticas:

1. las notas *verdaderas*, muchas de las cuales eran por desgracia ininteligibles (tengo la impresión de que lo escrito en el
cuaderno era chistoso y trágico, a diferencia de la frialdad de
mi resumen);

2. la percepción del momento febril (o más bien: lo poco
de esa percepción que pude conservar en la memoria), algo que
por supuesto no aparece mencionado en las notas originales
(ningún delirante es tan imbécil como para perder el delicioso
hilo de su locura intentando describirla) y que yo procuré
reproducir mediante la ficción del opio;

3. y, por supuesto, un vanidoso, frívolo imperativo: intentar escribir *bien*, signifique esto lo que signifique.

Percibo mi cuadro infeccioso con amor. Percibo los antibióticos con una paranoia suicida. Lo siento: no puedo ver-
ter esta verdad interna al insignificante lenguaje de la salud
alópata.

Las notas lógicas de mi diario me aburren sobremanera:

Antier la fiebre me subió a 41. Estaba inconsciente. Aurora
y Cecilia, dos enfermeras del turno vespertino, me metieron a la ducha. Me inyectaron un gramo de ceftriaxona
intramuscular. Me obligaron a ingerir 500 miligramos de
paracetamol. Me enviaron a casa. Por tres días he segui-
do el tratamiento sin remilgos. Voy a la mitad. Me siento mejor. Faltan tres días más para que el doctor O. me dé
de alta.

¿Qué putas significa toda esta bien peinada mierda?

Mi performance consiste en contagiarme de todos los gérmenes posibles y padecer de fiebre hasta que mis pupilas puedan girar hacia adentro. Más allá de la experiencia estética que la propia enfermedad desencadena, no haré más subproducto que una bitácora. Tengo que acudir al mecanismo de la literatura pese a que muchos de mis espectadores lo consideran una lengua muerta: de otro modo, la intervención sería solamente una mancha tibia. Tengo que escribir para que lo que pienso se vuelva más absurdo y real. Tengo que mentir para que lo que hago no sea falso. No pretendo chantajear a nadie con este proyecto: lo emprendí porque soy un hartista.

«Hartista» es un concepto que Bobo Lafragua y yo acuñamos para darle dignidad al oficio creativo más congruente de nuestro siglo: el hartazgo. Somos los opiatos testaferros de una vulgaridad que hace mil años era considerada sublime.

No pretendo convencer a nadie de que hay arte en esta hartura. La emprendí porque es el último recurso que me queda para acercarme a la sensibilidad. No creo en los espejismos de la nueva carne ni en las inteligencias arbóreas de Moravec ni en la religión infomercial del couch potato: no creo en el Más Allá de la pantalla. Yo lo que quiero es que alguien acaricie por dentro mi antigua carne de grasa y cicatrices. Si no me besa el mundo, que me bese la fiebre.

Carezco del diario que se menciona y no recuerdo nada de lo que se habría escrito en él. O lo extravié durante los días de mi convalecencia o no existió: es otra alucinación.

La historia de la deriva de estos apuntes inconexos subyace en la tercera y última nota del cuaderno rojo en que solía llevar la cuenta de los gastos ocasionados por la estancia de mamá en el hospital. Es el texto más breve y enigmático pero también (no para ti sino para mí) el más revelador:

Tercera nota del cuaderno rojo
Maten al dandy del sur.

En el verano de 2007 se celebró la Semana de Coahuila en La Habana. Acudí al evento en calidad de organizador: en ese entonces trabajaba como funcionario del Instituto Coahuilense de Cultura. Comencé a sentirme mal un par de días antes del viaje de regreso. Nada grave: una ligera fiebre intestinal. El problema es que, tras volar de Cuba a la ciudad de México, tomé otro avión a Tijuana, donde tenía programado un curso. Estuve una semana trabajando en el CECUT. Fingía; poseo una peligrosa habilidad para fingir salud. No es tan complejo: si estás intoxicado la mayor parte del tiempo, la gente a tu alrededor se acostumbra a leer tus rasgos a través de una pátina de malestar. Sobra decir que paliaba la fiebre con alcohol. Los chicos del taller me llevaban cada noche a un bar de prosapia situado en la calle Sexta: Dandy del Sur. Ahí nació Bobo Lafragua y el título de una novela que jamás pude escribir: *Maten al dandy del sur.*

Antes de regresar a Saltillo debía pasar también por una feria del libro en Los Mochis. Los encargados de mi transporte me dieron el más cruel itinerario: volaba de Tijuana a Los Mochis al amanecer, pasaba ahí solo una noche y luego, de nuevo al amanecer, volaba sin ninguna razón a Guadalajara. En Guadalajara hacía tres horas de aeropuerto y finalmente volaba a Monterrey, donde me recogería Mónica para llevarme a casa. Tras este periplo pasé dos semanas hospitalizado: la fiebre intestinal se había convertido en una grave infección.

La anécdota de mi novela quería ser simple: Bobo Lafragua, artista conceptual mexicano, decide en un viaje entre La Habana y Tijuana realizar la monumental performance de contraer tozudamente fiebre a fin de registrar por escrito sus delirios. Desde el principio concebí al personaje como una suerte de amigo imaginario, un Frankenstein psicológico armado con rasgos de casi todos los hombres a los que amo. Las peripecias serían pastiches de fragmentos de novelas del siglo XX sobre el Mal y la enfermedad; ¿es necesario añadir que el principal motor sería *La montaña mágica*...?

Algunos capítulos incluirían descripciones de las piezas de Bobo Lafragua —narrar obras de arte conceptual es un género literario emergente. Una de mis favoritas era esta:

> En una habitación de muros blancos que mide unos cincuenta metros cuadrados se ha colocado un entretecho de acrílico transparente a metro y medio del piso. Si quieres entrar, tienes que hacerlo casi a gatas. Sobre el acrílico se han colocado maniquíes de pie: avatares de gente caminando sobre una placa transparente encima de tu cabeza. El piso es cómodo: alfombrado y con cojines. Hay incluso libros por si quieres tumbarte a leer. En un rincón de la habitación, a ras del suelo, está inscrita una frase sobre el muro: «La angustia es la única emoción verdadera».

La fiebre resultó ser demasiado para mí: no tengo ni la mitad del temple de Bobo Lafragua. Un día pasé cuatro horas a solas con un dolor agudo que se desplazaba del oído medio a las muelas. Se movía con tal precisión que yo podía sentir casi en todo el cuerpo cada uno de sus pasos: partículas de pena. Hundí la cara en la almohada pero la almohada era el infierno. En cuanto amainó la fiebre, decidí tirar a la basura al personaje y su novela.

Hay personajes que simplemente no se marchan. Esperan pacientemente a que tengas un breakdown para venir a cobrar lo que les debes.

La primera fase de la leucemia de mi madre sucedió entre octubre y diciembre de 2008. La segunda, en junio del año siguiente. Aunque su primera estancia en el hospital fue la más larga y dolorosa, logré atravesarla con una relativa paz mental: escribía, permanecía sobrio, actuaba dignamente. Su recaída, en cambio, fue algo que no pude tolerar. Para entonces Mónica tenía seis meses de embarazo y toda mi energía moral y mis miedos se habían enfocado en la paternidad que se aproximaba.

Había empezado a quebrarme dos días antes del primer encuentro con Bobo Lafragua. Por la mañana compré un gramo de cocaína, mismo que consumí en tres viajes al baño de visitas del Hache U. No me bastó: a mediodía telefoneé de nuevo al díler para pedirle que me trajera crack. Ideé una ingeniosa manera de fumarlo. Aprovechando la hora de la comida, fui a una ferretera y compré un candado Fanal. Cuando salía al jardín a fumar tabaco, juntaba la ceniza en una corcholata. Luego subía corriendo a la habitación donde mamá yacía inconsciente, me encerraba en su baño, colocaba una piedra de coca sobre la cerradura del candado, la ajuareaba de ceniza, encendía y aspiraba el humo por el redondo orificio del candado abierto. No era la pipa perfecta pero funcionaba. En algún momento recordé las ecografías de mi futuro hijo y arrojé por el excusado medio gramo de piedra. Sin embargo, el daño a mi razón estaba hecho.

Tras la primera conversación que sostuvimos junto a la morgue, Bobo empezó a venir a mí en la modalidad de pantalla. Una noche mataba el tiempo junto a la fiebre de mi madre mirando fotografías digitales del viaje a Berlín cuando noté, en una imagen donde estoy parado bajo el vientre de la jirafa de Lego del Sony Center, una manchita azul justo en el sitio donde debía estar el miembro robado de la escultura. Apliqué el zoom de mi laptop para distinguir mejor esa anomalía. Reconocí entre los píxeles el rostro de Bobo con la boca muy abierta y sacando la lengua.

Me hablaba por televisión. Se embozaba en la voz de un enfermero. No tardé en empezar a notar los rasgos de su rostro en las manchas de humedad de los muros o en las arrugas y pliegues de las sábanas. Cuatro días después de la primera aparición, salí a tomar el fresco al patio oriental del sanatorio. Ahí, en una jardinera adornada con mosaicos color melón y granate, contemplé una chaparra y marchita palmera. Y anda vete: me convertí por unas horas en un fantasma que recorría las calles de La Habana acompañado de un amigo imaginario con esmoquin. Dice Mónica que cuando el doctor O. dio conmigo estaba yo intentando forzar la chapa del anfiteatro del Hache U y cantaba «Fuego», la canción del grupo Menudo, sustituyendo la letra original por sílabas de falso idioma chino:

—O-ha-no-he-la-fo ha no no ha no, ke-re-ke-ne-la-fo ha no no ha no, yu-ni-yu-e-la-fo ha no no ha no, haaaa-no, haaaa-noooo...

Dije, fingiendo recuperar la cordura:

—Usted dispense, doctor. Es que mi madre no es mi madre: mi madre era la música.

Me enviaron a casa con una batería de seis ampolletas de ceftriaxona y una caja de Risperdal.

La medicina paliaba el dolor, no la densa podredumbre.

Mientras me curaba soñé muchas veces que, en la plaza de túmulos grises que hay en Berlín frente a Tiergarten, un hombre armado con un lanzallamas nos perseguía a todos mis amigos, a Mónica embarazada y a mí; trataba de quemarnos. Despertaba sobresaltado en el último asiento de un autobús. Habíamos llegado a nuestro destino. Ya todos los pasajeros habían bajado de la unidad, menos otro individuo y yo. Me apresuraba a salir. Lo reconocía al pasar a su lado: era el hombre del lanzallamas, que ese día iba a casarse y me invitaba como su padrino. Bajábamos juntos. Yo, aterrorizado; él, feliz: después de todo era el día de su boda. Había una inmensa y circular explanada de cemento desnudo alrededor del autobús.

—Exactamente —decía con voz insulsa el hombre del lanzallamas cada vez que yo me daba cuenta de que seguía soñando.

No sé cuántos minutos, horas, días, capas de sueño tuve que recorrer para librarme definitivamente de su fuego.

Recuperar la cordura significa que tus demonios han vuelto a su sitio. Ya no pueden atormentar a nadie más. Solo a ti.

Me ordenaron mantenerme alejado de mi madre durante un mes. Logré verla cuando la dieron de alta.

—Vamos a comprarle un regalo de bienvenida —propuso Mónica.

Fuimos a Walmart y escogimos un lindísimo sombrero negro tejido que además de vérsele chulo le permitiría disimular la calvicie.

Le rogué a Mónica que me esperara dentro del automóvil junto a la rampa de salida del hospital: quería expiar por un minuto en soledad los crímenes de mi espíritu ñañengue.

(«Ñañengue» lo inventamos Mónica y yo para referirnos a los cobardes: ñangos —es decir flacos— y blandengues. Nos paramos con los brazos en jarras el uno frente al otro en actitud de superhéroes y decimos a coro: «¿Que acaso te has creído que yo soy un ñañengue?».)

Mamá me esperaba en su habitación. Estaba sentada en el sofá sobre el que yo solía dormir. Su piel apergaminada me pareció más hermosa que nunca. Llevaba un atuendo de risa: calcetones azules y crocs negras, pantalón de piyama, camiseta roja. Se había colocado una toalla sobre la cabeza para ocultar los accidentes y cicatrices de su pelado cráneo. Estaba raquítica. Me acarició con ambas manos las mejillas.

Dijo:

—¿Cómo estás, mi bebé…? No sabes cómo lloré porque no me dejaban ir a cuidarte como me cuidas tú.

Por primera vez en muchos años, nos besamos en la boca.

Diana se había hecho cargo de los trámites burocráticos, así que no tardamos mucho: trajeron una silla de ruedas

(Lupita hubiera querido salir caminando pero lo prohibía el protocolo), la sentaron en ella y nos dirigimos a la salida.

El rostro de mamá se iluminó al ver a Mónica junto a la puerta. Le frotó la panza de casi ocho meses de embarazo. Dijo:

—Gracias por venir a recogerme en tu coche, Leonardo.

Mónica sacó de su bolso nuestro regalo. Mamá, con una alegría rayana en la infancia, tiró la toalla, se puso el sombrero y abrazó de nuevo a Mo.

—Gracias, muchas gracias, hija; ¿tienes un espejo?

Salimos felices del estacionamiento del hospital.

Mamá no volvería a quitarse aquel sombrero negro sino hasta el 10 de septiembre: el día que murió.

III

La vida en la Tierra

Los mejores aeronautas son las moscas.

DAVID ATTENBOROUGH

De niña, Mónica quería ser científica o doctora. Una mujer de bata blanca. Tardó muchos años en saberlo: su madre es antropóloga y su padre abogado, así que nadie le explicó que podía ser astrónoma o bióloga marina; le fomentaron exclusivamente el gusto por las humanidades. No estoy quejándome. Al contrario: estoy agradecido con quienes torcieron su vocación. Si Mónica no fuera dibujante, es probable que nunca nos hubiéramos conocido. Somos símbolos antípodas: ella es de la capital y desciende de buenas familias criollas más o menos arruinadas.

Uno de los tesoros que conservamos en nuestra biblioteca es *La vida en la Tierra* de David Attenborough, un ejemplar en rústica publicado por el Fondo Educativo Interamericano en 1981. La portada muestra una fotografía de lo que parece un mono tití posado en unas espigas verdes. Digo que «parece» porque yo no sé gran cosa de animales y además la cara del bicho no se ve: está cubierta por un murciélago de papel terciopelo que mi cuñada Pau recortó y pegó encima del libro en sus años de primaria.

Mónica ha leído tantas veces *La vida en la Tierra* que casi lo conoce de memoria; fue, junto al divorcio de sus padres, uno de los tajos que marcaron su niñez.

La primera noche que vivimos juntos hicimos el amor sobre un colchón tirado en el piso de nuestro nuevo departamento. Veníamos de una mudanza criminal: yo viajé en autobús los ochocientos kilómetros que separan Saltillo del DF y, apenas llegar allá, me trepé al coche con Mónica y Maruca

—nuestra perra irish wolfhound— para hacer juntos el recorrido de vuelta escoltando al camión con los muebles. Me sentía molido y eufórico. Quería compartir con mi mujer algo especial, una confesión muy íntima que marcara nuestra noche de bodas con un metal más pesado que el de los anillos. No me atreví a contarle sobre el oficio de mamá. Le hablé, mejor, sobre la muerte de David Durand. Sobre el desahucio. Sobre mi amigo Adrián, quien una vez me acompañó a Puerto Vallarta a conocer a papá. Sobre el modo en que Saíd y yo perseguíamos el techo de nuestra casa cuando flotaba por en medio de la calle.

Cuando al fin cerré la boca, Mónica dijo muy suavecito, todavía recostada en mi pecho:

—Eres un hermoso pepino de mar.

Le respondí que no entendía. Se levantó y, desnuda en medio de la penumbra, localizó con facilidad el libro de Attenborough entre un altero de volúmenes apilados en el suelo. Hojeando brevemente, dio con la página que buscaba. Se inclinó hacia el ventanal de nuestra flamante recámara para captar un poco de luz de las farolas de la calle. Leyó en voz alta:

Los pepinos de mar, que se tienden sobre las manchas areniscas de los arrecifes, son equinodermos. En un extremo tienen una abertura llamada ano, aunque el término no es completamente apropiado pues el animal no lo emplea solamente para excretar sino también para respirar. En el otro extremo, la boca está rodeada por pies tubulares que se han alargado hasta convertirse en tentáculos cortos. Si recoge usted un pepino de mar, hágalo con cuidado: tienen una extravagante manera de defenderse. Simplemente expulsan sus órganos internos. Un lento pero ininterrumpido flujo de túbulos pegajosos se vacía del ano. Cuando un pez o cangrejo curiosos provocan tal acción, en poco tiempo se encuentran luchando en una red de filamentos mientras el pepino de mar se aleja lentamente sobre el pie tubular que ha producido desde su interior. Pocas semanas después, lentamente, le crecerá un nuevo conjunto de entrañas.

Cerró el libro y volvió hasta mí. Me abrazó.

—Ven, pepinito. No me tengas miedo. Cuéntame ahora un recuerdo feliz.

Adrián Contreras Briseño es mi mejor amigo. Hace veinte años que no nos vemos. Es la única pérdida que lamento cuando pienso en mi adolescencia.

Recientemente me telefoneó. No sé cómo obtuvo el número. Preguntó por la salud de mamá. Le conté que había muerto. Dijo sinceramente:

—Lo lamento mucho, Favio —no sabe que ya no me llamo así. Añadió—: Papá también se nos fue.

Le di un pésame tan sincero como el suyo.

Don Gonzalo Contreras era un hombre con una curiosa habilidad: sabía cómo lesionar a sus compañeros de trabajo sin lastimarlos demasiado. Cada vez que un obrero de AHMSA necesitaba días libres con goce de sueldo para hacer un viaje o cumplir con un trabajo extra y completar así los gastos familiares, buscaba a don Gonzalo. Este le producía una calculada torcedura o quemadura que, siendo leve, ameritaba sin embargo la incapacidad laboral. Los charros del sindicato y los empleados de confianza lo odiaban por eso.

Adrián y yo conversamos un par de horas. No hubo angustia en ninguno de los dos: fue como si nuestra última charla hubiera transcurrido ayer. Luego de ponernos al día acerca de lo que había sido de nosotros en las últimas dos décadas, nos dijimos adiós con las mismas frases burlonas y perdonavidas que usábamos a los catorce años. Supongo que la próxima vez que estemos juntos, a los sesenta años o algo así, volveremos a ser niños. La amistad es uno de los grandes misterios de la vida en la Tierra.

Mónica y yo solemos compartir un gesto de cariño tenuemente macabro. Uno de los dos se tiende en la cama mientras el otro sacude las sábanas sobre el que está acostado y las deja caer con suavidad. Es un juego erótico e infantil: la sensación de ligereza; la fantasía de flotar. Pero es también una agridulce renovación de nuestros votos: yo soy quien va a cubrirte en esa hora.

Llegan noticias de mis hermanos.

A Diana la enloquece el chocolate y sufre diariamente por un error de juventud: cedió a su primer marido la custodia de su hija grande. Solo puede verla los fines de semana.

Jorge destinó una habitación de su casa en Yokohama (es una casa pequeña) como salón de música para sus dos hijos y su hija. Los tres tienen nombres de pintores europeos: Runó, Miró, Moné. Les compró un piano vertical, dos guitarras y una batería eléctrica. Me lo mostró todo por Skype.

Saíd tuvo un problema serio: lo abofetearon los Zetas porque uno de sus amigos se atrasó en el pago de algunos gramos de cocaína. Le salió barato; antes no lo tablearon o le metieron un tiro. Le regalé un poquito de dinero (lo que pude) para ver si le ayuda a resolver el asunto.

A veces la fraternidad no tiene calles: puros callejones sin salida. Y un agente de tránsito en la sangre diciendo: «Circule, circule, circule».

Ya no sé si el país decidió irse por el drenaje de manera definitiva tras la muerte de mi madre o si, sencillamente, la profecía de Juan Carlos Bautista era más literal y poderosa de lo que tolera mi luto: «lloverán cabezas sobre México».

Saltillo dejó de ser un pueblo tranquilo.

Primero alguien tocó a la puerta de la casa de Armando Sánchez Quintanilla, director estatal de bibliotecas. Apenas atendió, Armando fue asesinado a quemarropa. Luego un sicario enloqueció tras encontrar a su mujer con otro hombre; organizó una balacera a lo largo del bulevar Venustiano Carranza. Dicen que se cargó a un par de agentes antes de ser derribado a tiros. Ni la prensa ni los gobiernos estatal o federal dijeron media palabra sobre el asunto. Poco después ajusticiaron en la carretera 57, a la altura de San Luis Potosí, a un funcionario del gobierno norteamericano. La maquinaria imperial se puso en marcha de manera fulminante y, días más tarde, uno de los autores del crimen fue aprehendido en mi ciudad. Eso nos puso de manos a boca con la guerra.

El viernes pasado, Leonardo y Mónica venían del súper por una de las avenidas principales cuando un policía se les plantó enfrente y, pistola en mano, los obligó a desviarse por la lateral. A la distancia se escuchaban tiros. Al salir al otro lado de un paso a desnivel, Mónica vio por encima de su cabeza dos tanquetas del ejército con las ametralladoras listas y apuntando hacia el flujo de vehículos; es decir hacia ella y nuestro bebé. A partir de ese momento tuvimos tres días de balazos. Agentes federales y sicarios de los cárteles murieron en un enfrentamiento sobre el periférico Luis Echeverría, a la altura de la Torrelit. A la puerta de un kínder, una bala perdida asesinó a una mujer que recogía a su sobrino. Llevamos la Ecosport al servicio de los diez mil kilómetros y luego no pudimos recogerla: un narcobloqueo que según el gobernador Jorge Torres no existió nos cerraba el paso. Se habla de granadazos contra la Sexta Zona Militar, civiles muertos y heridos, narcomantas. De nuevo: ni la prensa ni el gobierno informan nada pese a la existencia de fotografías, videos y decenas de testigos. Si quieres saber qué está pasando tienes que rastrear los twits en tiempo real. Peor aún: en un arranque de ingenuidad sin orillas, el gobernador declaró que se impondrá una multa o días de cárcel a «quien difunda rumores».

(Espero que, cuando vengan a arrestarme, Jorge Torres comprenda que esto que escribo es una obra de ficción: Saltillo es, como lo describe él en sus tartamudos y estúpidos discursos, un lugar seguro.)

Todo el tiempo se habla de lo problemática que es la frontera de México para Estados Unidos debido al tráfico de drogas. Nunca se menciona lo peligrosa que es la frontera de Estados Unidos para México debido al tráfico de armas. Y, si acaso el tema surge, el fiscal general del vecino país aclara: «no es lo mismo: las drogas son ilegales *de origen*, las armas no». Como si hubiera una majestuosa lógica en considerar que el poder de destrucción de un cigarro de mariguana hace que un AK-47 parezca la travesura de un adolescente.

Lloverán cabezas sobre México.

De vuelta de nuestro segundo viaje a Berlín tuvimos que hacer un largo y tedioso trasbordo en el aeropuerto de Londres. Caminábamos de un lado a otro. Mónica tenía los pies deshechos y el feto de Leonardo no dejaba de azotarle el vientre, pero sentarnos hubiera sido peor: estábamos demasiado ansiosos por llegar a casa. Mónica encontró en una librería un pequeño estante de divulgación científica. Compró dos títulos: *Elephants on acid* de Alex Boese y *Virolution* de Frank Ryan. El libro de Boese (lo leímos juntos) es una sátira cuasi rabelesiana de la ciencia: narra, mediante episodios escritos con virtuosa mala leche, algunos de los más bizarros, cómicos, crueles y absurdos experimentos científicos de que se tenga noticia.

El libro de Ryan es más duro y le hace honor a una antigua intuición filosófica: la de que lo humano es una enfermedad. Una abominación de la naturaleza. Si no recuerdo mal, Lichtenberg resumió esta convicción en alguno de sus aforismos. El siglo xx no hizo sino apuntalar y popularizar tal opinión, como lo muestra este monólogo del agente Smith en *The Matrix*:

—Quisiera compartir una revelación. Me di cuenta, al pretender clasificar a tu especie, de que ustedes en realidad no son mamíferos. Los mamíferos desarrollan equilibrio con el ambiente que los rodea. Ustedes no: llegan a una zona y se multiplican y se multiplican hasta consumir todos los recursos. Su única manera de sobrevivir es esparciéndose a otra área. Hay otro organismo en este planeta que sigue el mismo patrón. ¿Sabes cuál es…? El virus. Los seres humanos son una enfermedad. Un cáncer.

La diferencia entre la opinión del zombi de software y el texto de Ryan es que este último se basa en algo más que una metáfora moralistoide:

> Cuando el genoma humano fue secuenciado por primera vez en 2001, nos enfrentamos con varias sorpresas. Una de ellas fue un faltante absoluto de genes: cuando habíamos previsto quizá cien mil, en realidad había tan solo veinte mil. Una sorpresa más grande vino del análisis de las secuencias genéticas, que reveló que estos genes eran un mero 1.5 por ciento del genoma. Este número es ridículo comparado con el ADN derivado de virus, que equivale aproximadamente al 9 por ciento. Y, más importante aún, grandes secciones del genoma están formadas por misteriosas entidades similares a virus llamadas retrotransposones: fragmentos de ADN egoísta que no parecen tener otra función que la de hacer copias de sí mismos. Estos representan no menos del 34 por ciento de nuestro genoma. Sumando todo, la cantidad de componentes del genoma humano de tipo virósico representa casi la mitad de nuestro ADN.

Lo llaman «simbiogénesis» y es, por lo pronto, una audaz nota a pie de página a la teoría de la evolución de las especies de Charles Darwin. El enfoque lleva implícita la consideración de que los retrovirus (por ejemplo, el sida) y algunas variedades de cáncer o leucemia son, antes que un Mal, simples procesos evolutivos, no muerte humana sino vida viral: adaptación del más apto. Nada va a detenerlos. No heredaremos el planeta a nuestras máquinas sino a los microscópicos no-muertos que vienen escribiendo el apocalipsis en nuestro código genético. Mi madre nunca fue mi madre. Mi madre es un virus que camina.

Mónica tiene dos hermanos: Diego y Paulina. Diego es arquitecto y Pau abogada. Diego está casado con Orli, quien se dedica a hacer estudios de mercado para una agencia de publicidad. Pau está casada con César, un financista que en su tiempo libre juega fut y cata vinos. Diego y Orli tienen dos hijos: Gal y Yan. Pau y César, una niña: Regina. A Joaquín, mi suegro, lo he visto unas cuatro o cinco veces solamente. En cambio con Lourdes, mi suegra, he podido entablar una amistad visceral: un amor más allá de la etiqueta. Todos ellos viven en la ciudad de México. De vez en cuando vamos a visitarlos, nos orquestamos para ir juntos a la playa, o ellos vienen a pasar las navidades a Saltillo.

Es raro, eso: cortar el pavo, golpear piñatas, contar velitas en compañía de entrañables desconocidos... Es raro. No solo para mí sino para cualquiera. No hay forma de ser humano, suficientemente humano, sin sentir a la vez un impulso semejante al de los pepinos de mar: ganas de escapar arrojándole tus tripas al vecino. Si logramos que no ocurra esto cuando estamos en familia es por un instinto más radical que el miedo: el amor. El miedo actúa como un mamífero. El amor, en cambio, como un virus: se injerta; se reproduce sin razón; se adueña de su huésped egoístamente sin consideraciones de especie, taxonomía o salud; es simbiótico. El amor es un virus poderoso.

Leonardo nació el 25 de septiembre de 2009: dos semanas después de la muerte de mamá. Por poco y se conocen. Me da un ligero escalofrío la forma en que el azar colocó estas dos muescas en mi vida. Algo de superstición se habrá filtrado a mi ADN tras tantos siglos de ritual.

No quería salir. Tuvimos que enviar por él a un escuadrón de doctores. Pasamos más de doce horas caminando por los pasillos del hospital con el brazo de Mónica enchufado a un garrafón de oxitocina antes de que el trabajo de parto comenzara. Y ni así: fue menester sacarlo por cesárea.

Es un niño blanco, sonrosado, de cabello castaño claro y con los azulísimos ojos de su madre. Cuando lo llevo en brazos y ella no está presente, me pongo nervioso: imagino en mi fantasía autorracista que las personas de bien me miran con suspicacia porque suponen que lo robé. De haberlo conocido, mamá pensaría que seguí al pie de la letra su criminal precepto de «mejorar la especie».

La primera vez que lo pusieron en mis manos, escuché claramente cómo se desgarraba la capa más viciosa de mi manto de bestia. Fue algo semejante (multiplicado por diez mil, por cien mil, por un millón) a la ocasión en que, nadando en un río subterráneo, me esforcé, al borde de la asfixia, por bajar y tocar el velo de agua tibia y turbia que corría en sentido contrario, muy lentamente, al fondo de la caverna.

Durante años me pregunté quién era el fantasma: mi padre o yo. Él también fue una mala broma del registro civil. Por ser hijo natural, recibió de niño los dos apellidos de mi abuela Thelma. Se llamaba Gilberto Herbert Gutiérrez. Poco después de mi nacimiento, se encontró con su progenitor. Mi abuelo (nunca supe su nombre de pila) accedió a reconocerlo. Mi padre comenzó a llamarse entonces Gilberto Membreño Herbert.

A los doce años le dije a Marisela:

—Tengo la sensación de que mi papá tiene dos caras.

Ella me explicó que el hombre de barba que me compraba juguetes cuando niño no era mi padre sino el de Saíd. A Gilberto Membreño habíamos dejado de verlo cuando yo cumplí cuatro años. La razón fue que él me amaba de un modo violento: cada vez que nos reuníamos intentaba secuestrarme. Quería cambiarme el apellido. Pensaba que una prostituta no podría ser buena madre para mí. Una vez, desesperado por separarme de ella, la azotó contra el tablero de un automóvil. Mamá y yo nos bajamos corriendo. Le dije a él desde la banqueta: «Cuando crezca te voy a rajar tu madre».

Volví a verlo cuando cumplí quince años. Me regaló un viaje a la playa en compañía de Adrián, mi mejor amigo. Nos encontramos en Puerto Vallarta. Yo aún no conocía la *Odisea* pero acababa de leer *Pedro Páramo*. La voz de la madre de Juan Preciado resonaba en mi cabeza:

—No vayas a pedirle nada. Exígele lo nuestro. Lo que estuvo obligado a darme y nunca me dio… El olvido en que nos tuvo, mi hijo, cóbraselo caro.

Fue una aventura desastrosa. Él tenía que trabajar diez horas diarias (era gerente del hotel donde nos hospedábamos) y salía con una gringa estúpida cuya frivolidad arruinaba todo conato de melodrama. Yo no pude superar el shock de que su rostro fuera tan distinto al del papá de mis recuerdos infantiles. Y, sobre todo, estaban las chicas tapatías: Adrián y yo hubiéramos hecho cualquier sacrificio de nuestro estado de ánimo por perder la virginidad en brazos de una de aquellas beatas en bikini.

La próxima vez que lo vi fue once años más tarde. Me citó en la casa de mi abuela Thelma, en Atlixco. Quería presentarme a Teto, mi medio hermano menor. Yo tenía veintiséis años y creo que Teto dieciocho. Nos compenetramos enseguida; supongo que aún nos quedaba algún resabio de esa bondad elemental de la que habla Rousseau. Gilberto Membreño estaba feliz de compartir por primera vez un trago con sus dos hijos varones. Fue cuando noté la gravedad de su alcoholismo: bebía religiosamente una botella diaria de whisky o de tequila. De vez en cuando se bajaba del vagón. Para lograrlo, debía pasar varias horas enchufado a una garrafa de suero.

Una noche salimos de antros. Regresábamos caminando a casa de la abuela poco antes del amanecer. Papá dijo, abrazándonos a Teto y a mí:

—Ay, hijitos. Hoy sí bebimos hasta la sobriedad.

Quise matarlo. Quise darle un beso en la boca.

Volvimos a reunirnos en 1999. Yo había seducido a la hija de mi secretaria. La madre nos descubrió. Le prohibió a la chica volver a verme. Ana Sol huyó de su casa con una pequeña maleta y se vino a vivir a mi buhardilla. Me deprimí: Lupita (mi ex suegra se llama igual que mi mamá) había sido más que buena conmigo y yo la traicioné. Ella sabía de mi adicción a la cocaína, lo que empeoraba las cosas. Me sentía enamorado pero también envenenado por la confusión y la culpa.

No sé por qué lo llamé a él. Le conté mi situación sin omitir ningún detalle. Por una vez, mi padre actuó como si fuera mi padre.

—Necesitas desintoxicarte y tomar distancia, hijo. Trae a tu mujer: vente a Cancún. Yo te pago todo.

Ana Sol y yo llegamos a la casa de papá tres días antes que Teto. Lo que yo no sabía es que Gilberto Membreño estaba despidiéndose de la Riviera Maya, región donde había vivido toda la década de los noventa. Acababa de casarse con Marta (quien entonces tenía, como yo, veintiocho años) y juntos planeaban instalarse en la ciudad de México, donde abrirían una agencia de viajes.

Al día siguiente de nuestro arribo, el nuevo propietario de la casa de Gilberto vino por las llaves. Ya todo estaba embalado y en cajas. Marta, papá, Ana Sol y yo nos mudamos al Fiesta Americana, donde él consiguió habitaciones de cortesía. Teto nos alcanzó allá. Luego, siempre gratis gracias a los contactos en la industria, pernoctamos en otros hoteles: el Caesar's Park, el Meliá Turquesa, el Meliá Cancún... Anduvimos a salto de mata turística hasta la noche en que surgió un nuevo plan: en vez de montar en la plataforma de un tráiler rumbo al DF los automóviles que papá tenía y luego marchar nosotros por avión, decidimos hacer todo el tránsito por tierra, conduciendo ambos coches y parando en cada punto donde un conocido de la industria hotelera pudiera brindarnos hospedaje de cortesía. Los autos eran un Ford Fairmont rojo de los ochenta y un primoroso Mustang blanco 1965 al que el señor Membreño llamaba Príncipe.

El plan era que Teto y yo fuéramos los conductores: así mi padre podría beber a gusto. Le expliqué que yo no sabía manejar. Se escandalizó. Finalmente, Ana Sol y Teto se alternaron al volante del Fairmont y Marta y Gilberto condujeron el Mustang. Por unos días, Ana Sol tuvo un crush con mi hermano menor: se dio cuenta de que la habían estafado dándole al chico feo, chaparro y viejo de la familia. Luego se le pasó.

Paramos en Mérida, Telchac y Campeche. En Villahermosa el Fairmont se fundió durante cuatro días: mismos que paliamos bebiendo gratis de un servibar. Nos detuvimos brevemente en Veracruz. Finalmente, tras nueve días de carretera, arribamos a la casa de mi abuela en Atlixco, donde nos despedimos. Durante todo el viaje, Gilberto Membreño fue un padre comprensivo, paciente y cariñoso. En casa de la abuela me llevó a su recámara (ningún hombre entraba ahí) y me enseñó el cuadro que tenía colgado encima del peinador: un feo retrato mío donde aparezco retocado. Llevo el cabello largo y una camiseta blanca con un número siete estampado en el pecho. Tiene la fecha: 1974.

No se lo dije (es la primera vez que lo digo) pero en ese momento decidí no volver a verlo nunca; ¿para qué arruinar un recuerdo perfecto, un viaje tan dulce...?

Volví a Saltillo. Dejé la cocaína. Me casé con Ana Sol. Nos divorciamos. Volví a la cocaína. Viví con Anabel. Después con Lauréline. Traté de suicidarme. Dejé la cocaína. Conocí a Mónica. Tuvimos un hijo. Murió mi madre. Pasaron más de diez años.

Siete meses después de la muerte de Guadalupe Chávez, recibí una invitación a un congreso de literatura en Acapulco. Dudé: ¿podría lidiar tan pronto con el fantasma de Marisela Acosta paseándose en un obsceno short a media nalga por las calles de la ciudad donde fue más feliz? Habían pasado veinte años desde la última vez que puse un pie en el puerto donde nací.

Acepté la invitación.

Sabía, por esporádicos telefonemas, que mi padre había quebrado en los negocios y se había divorciado de Marta y vivía desde hacía algunos años con Teto. Me pregunté si sería buena idea llamar e invitarlos a comer. Me respondí: «mañana» (para lo mismo responder mañana).

Me hospedaron en un vetusto y lindo hotel con vista a La Quebrada. Nada más llegar (serían las cuatro o cinco de la tarde), encontré en el lobby a Marcelo Uribe y Christopher Domínguez Michael. Parecían haberse puesto de acuerdo para hacer juego con la arquitectura y la decoración del entorno: Marcelo iba tocado con un panamá y Christopher con un pequeño Stetson color plomo. Me registré, dejé la maleta en el cuarto y bajé al restaurant al aire libre. Había demasiados escritores: Jorge Esquinca, Luis Armenta, Ernesto Lumbreras, Citla Guerrero, Jere Marquines, Hernán Bravo Varela, Alan Mills, Tere Avedoy y otros cincuenta que no recuerdo ahora. El ambiente estaba húmedo. Unas horas más tarde, cayó una tormenta. Las antorchas de los clavadistas que estaban lanzándose desde las rocas se apagaban mucho antes de caer al mar picado.

Hubo un incidente curioso: me presentaron a Mario Bellatin y, al tocarnos, se escuchó muy cerca el ruido de un trueno. Mario sonrió abrazándome y dijo:

—Quedó sellado, ¿eh?

Vanidosamente, creí que se refería a una complicidad literaria entre él y yo. Ahora sé que Mario Bellatin es una encarnación de Mefistófeles y simplemente me estaba adelantando el aviso telefónico que estaban a punto de darme.

A medianoche, Alan Mills y yo y algunos de los chicos más jóvenes decidimos seguir bebiendo instalados en mi habitación. Quince minutos más tarde sonó el teléfono. Era Mónica.

—Ay, Julián… no me vas a creer.

—¿Sí?

—Me da mucha pena…

—¿Sí?

—Habló tu hermano Teto. Murió tu papá. Le dio un infarto fulminante.

Les pedí a los amigos que me dejaran solo un rato. No sabía qué hacer. Después de todo, yo había sepultado secretamente a mi viejo diez años antes. Una voz embozada (la voz del hartista hijo de puta cínico y abusivo que soy) dijo entre mí: «ahí tienes buen material para el cierre de tu novela». Maldije a Paul Auster y su poético sentimiento del azar.

Mónica dice que antes de colgar repetí varias veces una frase:

—Me quedé huérfano.

Creo que me refería a una angustia derivada del hecho biológico, no a una pena moral. Pero la angustia es la única emoción verdadera.

Me armé de valor y telefoneé al celular de Teto. Debe de haberse sorprendido al ver la lada porque preguntó:

—¿Cómo llegaste tan pronto?

No supe qué contestar.

El sepelio sería al día siguiente: papá había ido a Atlixco a visitar a la abuela y fue allá donde lo sorprendió el infarto. En el momento en que hablábamos, Teto iba en carretera camino a recoger el cuerpo. Quedamos de comunicarnos nuevamente por la mañana. Le di el pésame y colgué.

Lo verdaderamente trágico fue lidiar con el afecto: había *demasiados* escritores en aquel congreso de literatura. Para la hora del desayuno, ya todos sabían de mi desgracia. Cumplí con mis deberes: por la mañana fui al lugar de las reuniones e hice mi lectura. El resto del tiempo lo pasé más o menos escondido. Aun así, lograron asestarme más pésames de los que mi organismo pudo tolerar: puñetazos en el hígado. Pobres, ¿ellos cómo iban a saberlo…? Pasé toda la tarde vomitando.

A mediodía telefoneó la esposa de Teto. Me proporcionó la dirección de la funeraria. El numerito empezaría a las cinco de la tarde. Procrastiné mi salida hasta las diez de la noche. En el inter vi un par de películas, me duché y salí al balcón de mi cuarto a ver el show de los clavadistas de La Quebrada: ñañengues semidesnudos lanzándose de cabeza, una y otra vez, contra las rocas. Acapulco debería ser tipificado como delito federal.

Finalmente salí del hotel. Subí a un taxi. Le di al chofer la dirección de la funeraria. No era lejos: sobre Cuauhtémoc, un poco antes de llegar a lo que alguna vez fue para mí la calle del canal y hoy es una gran avenida con varios pasos a desnivel. La puerta de cristal no era muy ancha. La calle —como todas las calles de Acapulco— estaba llena de basura. Había dos capillas en el interior del establecimiento. Supe enseguida cuál era la de papá: reconocí a Teto, de saco y corbata, en cuclillas, con la cabeza y las manos posadas sobre el regazo de una mujer algo mayor, sentada, quien seguramente sería la señora Abarca: su madre. Una mujer en sus treinta acariciaba la cabeza de mi hermano. No sé si era su esposa o mi otra hermana, Bety: jamás conocí a ninguna de las dos. Había suficientes deudos como para pasar desapercibido durante un minuto junto a la puerta. El tiempo necesario para repetir en mi cabeza la pregunta que me carcomía desde los doce años: ¿quién era el fantasma: mi padre o yo...?

La escena funeraria fue elocuente. Sin saludar ni despedirme del cadáver de Gilberto, di media vuelta y me alejé del hogar de los Membreño Abarca, una mansión que tuve embrujada durante casi cuarenta años.

Junto a mi casa hay una huerta: nueve hectáreas de nogales, manzanos, membrillos, troenos y álamos. Leonardo y yo la visitamos todos los días. A veces un par de horas. A veces nada más unos minutos. Depende de él. Si está de humor caminamos hasta la casita derruida, damos vuelta en dirección a El Morillo, cortamos por la antigua carpintería para saludar a las vacas, bajamos y subimos la barranquita del arroyo, le damos una manzana al caballo de Hernán y nos detenemos un rato junto al portón amarillo del fondo para esperar el paso del tren. Si no está de humor, nos sentamos entre las hojas secas de la entrada de la casa de Martha y comemos hormigas.

Siempre que estamos ahí pienso en Marisela Acosta: no puedo evadir el hecho de que el prostíbulo más famoso donde trabajó se llamaba La Huerta.

—Aquí tocaban Lobo y Melón —me dijo una vez.

Nunca experimenté nada tan extenuante como la paternidad. Casi siempre llego a las ocho de la noche con apenas fuerzas para arrastrarme hasta la cama. Lo que más me fatiga no es el trabajo en sí sino el impulso neurótico de estar imaginando cada percepción de mi hijo.

Ayer, mientras esperábamos el paso del tren junto al portón amarillo, recordé la ocasión en que Marisela y yo caminábamos por la Barra de Coyuca. Ella cantaba, desde el fondo de esa noche oscura del habla que es la ignorancia, una cursi canción española: para que no me olvides ni siquiera un momento, y sigamos unidos los dos gracias a los recuerdos, para que no me olvides. Yo soy un huérfano cínico ex hijo de puta que ha leído a san Juan de la Cruz: sé que la tribu no me dará palabras más puras que las vulgares palabras de Lorenzo Santamaría para explicar a Leonardo, antes de morir, lo que significó para mí comer hormigas a su lado.

La muerte de Guadalupe Chávez y de Marisela Acosta fue una versión en fast forward de sus vidas.

En primer lugar, la terquedad: agonizó desde el amanecer hasta las once de la noche.

En segundo lugar, la comedia de errores: tardaron ocho horas en entregarnos el cadáver porque, desde su primer ingreso al Hospital Universitario, un año atrás, alguien había escrito mal sus datos personales: la rebautizaron como Guadalupe «Charles». Nada fuera de lo común tratándose de mi familia. Tuvieron que hacer dos veces el certificado de defunción. ¿Qué mejor homenaje podría hacerle la burocracia mexicana a una prófuga de su propio nombre?

En tercer lugar el improperio, la socarronería y la violencia. El hombre de la funeraria no pudo subir los restos a su transporte porque había un desnivel entre la defensa del vehículo y la altura de la camilla. Lo intentó varias veces. Empujaba con todas sus fuerzas como si estuviera jugando a los carritos chocones. La camilla rebotaba contra la defensa y el cuerpo de mi difunta madre, envuelto hasta la cabeza por una sábana sucia, temblaba como gelatina. Sentí una mezcla de indignación, pena ajena y risa. El hombre, por su parte, lucía avergonzado y furioso. Recordé algo que me dijeron una vez: «las personas tenemos palabra de honor; los fierros, no». Finalmente, Saíd y yo nos apiadamos del compungido chofer y lo ayudamos a cargar el envoltorio.

No hicimos ceremonia: la cremamos y ya. Desde hace muchos años, cuando Jorge se fue de casa, yo había recibido instrucciones precisas.

—Aquí, Cachito —dijo borracha de ron y de pena metiéndose al estacionamiento subterráneo de una funeraria—. Me traes y me quemas. Júramelo.

—Te lo juro, pero vámonos. Nos van a regañar.

—Júramelo, Cachito. No dejes que me entierren ni que me hagan fandangos. Escondidito, sin avisarle a nadie, vienes y me quemas.

A mediodía nos entregaron las cenizas en una urna rectangular de falso mármol rosa.

Cada quien lo vivió como pudo. Jorge, en Yokohama, salió a caminar en línea recta y no paró hasta que el mar le cortó el paso. Diana, que compartía la casa con Guadalupe, tuvo que refugiarse en un hotel. Saíd, en cambio, parecía iluminado por el dolor; nunca lo vi tan sobrio.

Lo delicioso de los primeros días de luto era el preciso instante de despertar: cuando aún no cobraba conciencia de que mi madre estaba muerta y a la vez podía disfrutar la desaparición de la angustia permanente que durante un año me causó su padecimiento. Luego, casi enseguida, emergía la malsana lucidez: no hay nada más siniestro que la luz.

Entonces nació Leonardo. Todo abismo tiene sus canciones de cuna.

No recuerdo cuándo la vi de pie por última vez. Imagino que estábamos en la puerta de su casa. Siempre te acompañaba hasta la salida. No se trataba de cortesía sino de que era lenguaraz: hablaba y hablaba. Era imposible callarla. Tenías que empezar a despedirte por lo menos con media hora de anticipación. Decía, justificándose:

—Tú tienes la culpa, nunca vienes. Tengo muchas cosas que contarte.

La verdad es que repetía lo mismo ochenta veces. Toda la vida aborrecí que fuera tan parlanchina. Sin embargo, lo que hizo que me derrumbara sobre el piso cuando el doctor vino a avisarme que finalmente había muerto fue la simple revelación de que nunca más escucharía su voz.

Durante la última semana nos telefoneábamos a diario: quería estar al tanto del parto. El 9 de septiembre por la noche la escuché toser feamente al otro lado de la bocina.

—Vamos al doctor.

—Sí —dijo—. Pero esperémonos a la mañana. De todos modos tengo cita para la evaluación.

Diana llamó a las tres de la madrugada para avisar que iban saliendo de emergencia al hospital. Mónica y yo las alcanzamos allá. Cerca del amanecer, llegaron también Saíd y Norma.

La ingresaron a terapia intensiva. Tenía las plaquetas por el piso y el líquido pulmonar que nunca aspiraron amenazaba con colapsar sus vías respiratorias. No fue culpa de nadie. Estaba simplemente deshecha: un año de virus y veneno es demasiado para un organismo cuyo único imperio ha sido asimilar toda clase de golpes.

A mediodía nos confirmaron que estaba agonizando.

—Les recomiendo despedirse —dijo Valencia—. Le quedan pocas horas.

Mis hermanos pasaron a verla por turnos.

—Váyanse —dije después—. Yo les aviso.

Me correspondía ese papel.

Esperé a que todos, incluida Mónica, salieran del hospital. Tenía que estar solo: no habría tolerado que nadie me tocara después de entrar a verla.

Ingresé a la sala de terapia intensiva. La enfermera me señaló un cubículo a la izquierda. Corrí la cortina. La tenían conectada a más fierros y lucecitas de colores que nunca. Una mascarilla de plástico transparente le cubría la boca. Ya no tenía mirada.

No había nada que decir: habíamos tenido un año entero de dolor lúcido.

Por si las dudas, se lo dije. Dije:

—Te amo. Soy el hijo de mi madre.

Apenas pudo apretar mi mano con la suya. Era un apretón sin agradecimiento, sin resignación, sin perdón, sin olvido: solo un perfecto reflejo de pánico. Ese fue el último ladrillo de educación que me legó Guadalupe Chávez. El más importante de todos.

Hospital Universitario de Saltillo,
octubre de 2008 / Lamadrid, Coah., marzo de 2011